Arena-Taschenbuch
Band 2885

Von Wolfgang und Heike Hohlbein sind als Arena-Taschenbuch erschienen:
Drachenthal – Die Entdeckung (Band 2874)
Drachenthal – Das Labyrinth (Band 2875)
Drachenthal – Die Zauberkugel (Band 2876)

Wolfgang Hohlbein, geboren in Weimar, und *Heike Hohlbein,* geboren in Neuss, sind die erfolgreichsten und meistgelesenen deutschsprachigen Fantasy-Autoren. Der Durchbruch gelang ihnen 1982 mit dem Überraschungserfolg *Märchenmond,* für den sie mit dem Fantastik-Preis der Stadt Wetzlar ausgezeichnet wurden. Seither sind zahlreiche fantastische Romane, Serien und Drehbücher zu Filmen von ihnen erschienen. Ihre Werke haben bis heute eine Gesamtauflage von über acht Millionen erreicht.

»Wolfgang Hohlbein. Der Name für das Unbegreifliche.«
FAZ

»Hohlbeins große Stärke sind die Bilder, die er heraufbeschwört. Fast meint man beim Lesen einen Film zu sehen, so detailverliebt beschreibt der Kinofan seine Szenen.«
DIE WELT

»Die Hohlbeins sind Bestseller.«
DIE ZEIT

Wolfgang und Heike
HOHLBEIN

Drachenthal

Das Spiegelkabinett

Arena

Auf den Seiten 142 bis 145 kann die Geschichte parallel gelesen werden.

In neuer Rechtschreibung

1. Auflage als Arena-Taschenbuch 2009
Lizenzausgabe des Verlags Carl Ueberreuter, Wien

Umschlagillustration und Vignetten: Britta Gotha
Umschlagtypografie: knaus. büro für konzeptionelle und visuelle Identitäten, Würzburg
Gesamtherstellung: Westermann Druck Zwickau GmbH
ISSN 0518-4002
ISBN 978-3-401-02885-9

www.arena-verlag.de

Inhaltsverzeichnis

Kirmes in der Stadt

Solange sich Rebekka erinnern konnte, war sie nie ein ausgesprochener Kirmes- oder Volksfestfan gewesen. Sie wusste selbst nicht, warum das so war. Eigentlich sollte es ihr Spaß machen – aber die Karussells, die sich kunterbunt und rasend schnell drehten, die Losbuden, an denen man allen möglichen Tand gewinnen konnte, die Schießbuden mit ihren Gewehren, die so eingestellt waren, dass selbst ein Wilhelm Tell Mühe gehabt hätte, damit auch nur ein Scheunentor zu treffen, die Geisterbahn mit ihren Gummispinnen und Pappmaschee-Skeletten, die nicht einmal mehr einem Dreijährigen Angst eingejagt hätten – das alles war ihr viel zu überladen, viel zu laut und irgendwie zu künstlich. Ihre Eltern hatten ein großes Tamtam darum gemacht, wann immer sie mit ihr über einen Kirmesplatz gegangen waren, aber Rebekka war eigentlich eher erleichtert gewesen, wenn sie es endlich hinter sich gebracht hatten. Hier und jetzt, an diesem frühen Freitagnachmittag, mit der Aussicht auf ein ansonsten eher langweiliges Internatswochenende ... war es irgendwie anders.

Sie mochte die Kirmes immer noch nicht und

doch . . . faszinierte sie etwas hier. Sie blieb immer wieder stehen und drehte sich um und ihr Blick irrte wie magisch angezogen zur anderen Seite des kleinen Platzes. Dort standen die weniger tollen Attraktionen: die kleinen Losbuden, ein winziges, an zwei Seiten offenes Zelt, in dem Kinder bis zu fünf Jahren auf klapprigen Ponys im Kreis reiten konnten, ein Bierstand, an dem ein paar Jugendliche aus dem Dorf herumlungerten, und eine Bude, an der man mit Ringen nach Sektflaschen und anderen Preisen werfen konnte, die auf kleinen Würfeln aufgestellt waren. Aber da war noch etwas: ein großes, sonderbar geformtes Zelt, von dem sie nur die Rückseite erkennen konnte, die alles andere als bunt und glitzernd war, sondern ganz im Gegenteil schäbig und fast heruntergekommen wirkte. Und dennoch zog sie gerade an diesem Zelt irgendetwas magisch an. Es war, als riefe eine lautlose Stimme ihren Namen, und . . .

»Rebekka! Brauchst du eine schriftliche Einladung oder hättest du auch so die Güte, uns deine geschätzte Aufmerksamkeit zuteil werden zu lassen?«

Rebekka fuhr zusammen, als hätte sie unversehens einen elektrischen Schlag bekommen. Sie drehte sich hastig um und sah in das strenge Gesicht von Felicitas Bienenstich. Die Schulleiterin des Drachenthal-Internats, »Biene« genannt, war unglücklicherweise

auch Rebekkas Klassenlehrerin. Eigentlich hatte Rebekka sie noch nie wirklich fröhlich erlebt, aber im Moment braute sich unter ihrer dicht umwölkten Stirn ganz eindeutig ein Unwetter zusammen. Dafür wurde das schadenfrohe Grinsen des Dutzends Mädchen hinter ihr mit jedem Moment breiter.
»Hm . . . ja, Fräulein Bien. . .enstich?« Bienes Gesicht verfinsterte sich noch mehr, während vor allem Samanthas hämisches Grinsen mittlerweile von einem Ohr zum anderen zu reichen schien.
»Wie überaus reizend, dass sich die junge Dame tatsächlich noch an meinen Namen zu erinnern scheint«, sagte Biene spitz, während das Wetterleuchten eines heraufziehenden Sturmes in ihren Augen weiter zunahm. »Und wenn wir schon einmal dabei sind: Könnten wir dann jetzt vielleicht auch weitergehen? Uns bleibt noch eine knappe Stunde und ich glaube kaum, dass deine Mitschülerinnen diese Zeit damit vertrödeln möchten, herumzustehen und Löcher in die Luft zu starren.«
Samantha grinste mittlerweile so breit, dass Rebekka ernsthaft darauf wartete, dass sie ihre eigenen Ohren verschluckte, aber auf dem einen oder anderen Gesicht machte sich auch ein erster Anflug von Unmut bemerkbar. »Sicher«, sagte Rebekka hastig. »Entschuldigung. Ich war . . . in Gedanken.«
Zu ihrer Überraschung verzichtete Biene auf eine

weitere spitze Bemerkung. Nur Samantha murmelte, als rede sie eigentlich mit sich selbst, aber trotzdem so laut, dass auch jeder es hörte: »Ja, wahrscheinlich hat sie wieder mit Elfen und Feen gesprochen.«
Leises Gelächter ertönte, das Biene sofort mit einem giftigen Blick zum Verstummen brachte, und die Gruppe setzte sich wieder in Bewegung. »Mach dir nichts draus«, sagte Tanja, ihre Zimmergenossin und – leider Gottes – nahezu einzige Freundin, die sie unter den gut einhundert Schülerinnen und Schülern des Internats hatte, während sie sich zu ihr gesellte. »Gräfin vom Thal muss sich nur ein bisschen wichtig machen, das ist alles.«
Rebekka sagte dazu nichts. Wozu auch? Sie und Samantha vom Thal hatten sich vom ersten Tag an nicht ausstehen können, was nicht zuletzt daran lag, dass Sam immer wieder durchblicken ließ, wem die Schule gehörte: ihrem Vater, einem schwerreichen Industriellen. Mittlerweile herrschte eine Art widerwilliger Waffenstillstand zwischen ihnen, was Sam aber nicht daran hinderte, hinter ihrem Rücken kräftig Stimmung gegen Rebekka zu machen.
Tanja wartete einen Moment vergebens auf eine Antwort, dann zog sie eine beleidigte Schnute, was Rebekka wirklich leidtat – aber sie konnte sich einfach nicht konzentrieren. Ganz egal wie sehr sie es auch versuchte, ihre Gedanken kehrten immer wieder zu

dem sonderbaren Zelt zurück. Sie musste sich beherrschen, um nicht unentwegt stehen zu bleiben und zu ihm hinüberzusehen.
Aber sie *musste* dorthin.
Rebekka konnte das Gefühl immer noch nicht begründen, doch sie war mit jeder Sekunde sicherer, dass etwas ganz Furchtbares passieren würde, wenn sie nicht in dieses Zelt ging.
In der nächsten halben Stunde tat Biene jedenfalls alles, damit sie sich weiter von dieser Seite des Kirmesplatzes entfernten. Rebekkas einziger Trost war, dass sie spätestens in einer Stunde wieder hierher zurückkehren mussten, denn der kleine Parkplatz, auf dem Anton mit seinem klapprigen Internatsbus auf sie warten würde, war nicht weit von hier entfernt.
Vorerst aber kam es ganz genauso, wie sie befürchtet hatte. Biene führte die Klasse von dem altmodischen und stinklangweiligen Kettenkarussell zu der Attraktion, von der sie ihnen schon seit einer Woche mit leuchtenden Augen vorschwärmte: der Geisterbahn.
Dass sie die Einzige war, die sich dafür interessierte, schien sie dabei nicht weiter zu stören.
Rebekka und Tanja waren die Letzten, die sich in die Schlange vor dem Kassenhäuschen einreihten. In einem Anflug vollkommen ungewohnter Großzügigkeit hatte Biene jeder von ihnen eine Freifahrt spen-

diert, aber die Geisterbahn war nicht nur alt, sondern hatte offensichtlich auch nur drei Wagen, sodass sie immer warten mussten, bis einer von ihnen seine Runde beendet hatte und zurückkam.

»Mann, das dauert ja ewig«, nörgelte Tanja. »Wenn das so weitergeht, komme ich wegen dieser blöden Geisterbahn noch nicht einmal zum Autoskooterfahren!«

Selbstverständlich hatten Samantha und ihre Freundin Ulrike den ersten Wagen für sich reklamiert und keine der anderen hatte es gewagt, dagegen zu protestieren. Samantha vom Thal war so etwas wie die unumschränkte Herrscherin über Drachenthal – was weniger daran lag, dass sie so nett und zuvorkommend oder gar beliebt gewesen wäre, als vielmehr daran, dass mit Samantha wirklich nicht gut Kirschen essen war. Rebekka hatte von der ersten Sekunde an keinen Zweifel daran gelassen, was sie von Sam und ihren beiden Anhängseln Ulrike und Regina hielt. Und aus einem Grund, den sie selbst bis heute nicht richtig begriffen hatte, bekam sie von Biene in diesem niemals offiziell erklärten Kleinkrieg zumindest inoffiziell Rückendeckung.

Aber auch das trug nicht unbedingt dazu bei, Rebekka bei ihren Mitschülern beliebter zu machen.

Rebekka hing immer noch ihren trüben Gedanken nach, als der kleine Wagen mit Sam und Ulrike bereits wieder auf seinen rostigen Metallrädern herausgerumpelt kam. Ulrike, fand Rebekka, sah ein bisschen blass um die Nase herum aus, während Sam einfach nur gelangweilt wirkte. Während sie mehr oder weniger geduldig weiter warteten, fiel Rebekka auf, dass sich Samantha und die beiden anderen unauffällig von der Gruppe zu entfernen begannen. Man musste kein Hellseher sein, um zu wissen, wohin sie gingen – schnurstracks zum Autoskooter. Ein paar von den Jungen dort kamen ihnen entgegen und begannen sofort, heftig auf sie einzureden. Während sich Regina und Ulrike ohne viel Umstände auf eine Freifahrt einladen ließen, verwickelte Sam einen hochgewachsenen, dunkelhaarigen Lederjacken-Typ sofort in ein Gespräch. Natürlich konnte Rebekka nicht verstehen, worum es ging, aber Samantha – und vor allem der Junge – blickten immer wieder in ihre Richtung und irgendwie hatte sie kein gutes Gefühl dabei.

Schließlich waren die beiden Mädchen vor ihnen an der Reihe. Rebekka und Tanja rückten auf und blieben, von Biene eifersüchtig bewacht, in einem Schritt Sicherheitsabstand stehen, während das altersschwache Gefährt lautstark davonrumpelte. Biene sah ihm nach, bis es hinter der schwarzen Plastikplane vor dem Eingang verschwunden war, dann drehte sie sich zu ihnen um und sah sie aus strahlenden Augen

an. »Ihr werdet sehen, das ist ein richtiges Erlebnis«, sagte sie.
»Ach?«, machte Tanja.
Bienes Gesicht nahm einen enttäuschten Ausdruck an. »Freust du dich denn nicht darauf?«
Tanja war klug genug, auf eine Antwort zu verzichten, aber Biene schien ihr Schweigen wohl richtig zu deuten, denn sie wandte sich nun mit einem fast schon flehend wirkenden Blick an Rebekka. »Und du?«
Die ehrliche Antwort wäre ein klares Nein gewesen, aber das wollte Rebekka ihrer Lehrerin nicht antun. »Ich war noch nie in einer Geisterbahn«, antwortete sie deshalb ausweichend.
»Noch nie in . . .?«, wiederholte Biene, als könnte sie es einfach nicht glauben. Dann hellte sich ihr Gesicht wieder auf. »Na, dann wird es für dich ja ein ganz besonders aufregendes Erlebnis werden. Für uns war sie früher das Größte. Die Geisterbahn war immer der Höhepunkt der Kirmes! Natürlich war sie damals noch nicht so modern wie heute.«
»Modern?«, entschlüpfte es Tanja.
Biene schenkte ihr einen strafenden Blick, fuhr aber trotzdem an Rebekka gewandt und in unverändertem Ton fort: »Ich weiß, ihr Kinder seid heute anderes gewöhnt – doch vielleicht bist du ja ganz überrascht, wie faszinierend so eine gute alte Attraktion noch sein kann.«

Statt darauf zu antworten, sah Rebekka verstohlen an Biene vorbei zum Autoskooter hin, wo Sam immer noch mit dem Jungen in der Lederjacke sprach. Sie konnte sich täuschen, aber sie hatte den Eindruck, dass Samantha ihm etwas gab. Einen Geldschein?

Ganz offensichtlich war ihr Blick nicht verstohlen genug gewesen, denn auch Biene drehte sich um, und obwohl Rebekka ihr Gesicht nicht mehr sehen konnte, spürte sie regelrecht, wie es sich schlagartig verfinsterte. »Samantha vom Thal!«, rief sie streng. »Wer hat dir erlaubt, dich von der Gruppe zu entfernen? Komm sofort hierher!«

Sam fuhr hastig zusammen und auch der dunkelhaarige Junge erschrak und hatte es plötzlich sehr eilig zu verschwinden. Sonderbarerweise aber ging er nicht zu seinen Freunden zurück. Während Samantha und die beiden anderen schnell und mit gesenkten Köpfen wieder auf sie zueilten, entfernte er sich in die entgegengesetzte Richtung und verschwand genau in dem Moment hinter der Ecke der Geisterbahn, in der der nächste Wagen herangerumpelt kam. Rebekka maß dieser Beobachtung zwar keine besondere Bedeutung zu, aber irgendwie fand sie das schon komisch.

Die beiden Mädchen vor ihnen stiegen aus und nun waren Tanja und sie an der Reihe. Rasch kletterten sie in den Wagen, schlossen den Sicherheitsbügel und nur einen Moment später rumpelten sie los und die Dunkelheit im Inneren der Geisterbahn nahm sie auf.

Das fahrende Volk

Das fahr. . . das fahr. . . das fahr. . .« Scätterling, die wie immer, wenn sie aufgeregt war, ins Stottern geriet, schwirrte auf ihren bunten Libellenflügeln in immer kleiner werdenden Kreisen um Themistokles herum, während sie hörbar nach Luft japste und vergeblich versuchte, sich zu beruhigen. »Das fahr. . .!«, stieß sie schließlich nur noch einmal hervor, schwirrte so dicht an Themistokles vorbei, dass ihre Flügel fast seine Nasenspitze gestreift hätten, und entging dem drohenden Zusammenstoß gerade noch im allerletzten Moment, indem sie einen jähen Haken in der Luft schlug. Dabei übersah sie unglücklicherweise aber die große Petroleumlampe mit dem grünen Schirm, die vor dem Zauberer auf dem Tisch stand, prallte mit einem hörbaren *Ping!* dagegen und trudelte hilflos auf die Schreibtischplatte hinab, wo sie mit benommenem Gesichtsausdruck hocken blieb.

Themistokles, der nicht nur der älteste und weiseste Magier des Landes Märchenmond war – der Welt, die zwar nur in den Träumen und der Fantasie der Kinder existierte, deswegen aber nicht weniger real war als irgendeine andere –, sondern seit nunmehr drei Monaten auch Direktor der Zauberuniversität von Drachenthal, schüttelte seufzend den Kopf und gab sich alle Mühe, ein Lächeln zu unterdrücken. Scätterling war reichlich unsanft gegen die Lampe geknallt, aber er wusste dennoch, dass er sich keine Sorgen um das winzige Geschöpf zu machen brauchte. Elfen waren zwar kaum größer als ein Kolibri, doch unglaublich zäh.

»Es heißt *der*«, verbesserte er Scätterling unsanft. »Das solltest du eigentlich wissen.«

»A. . . a. . . a. . . aber Meister Themistokles«, stotterte Scätterling und sah vorwurfsvoll ins Gesicht des weißhaarigen und -bärtigen Zauberers hinauf. »Draußen vor d. . . d. . . dem Schloss. Das . . . fa. . .«

Themistokles hatte noch mehr Mühe, ein Grinsen zu unterdrücken, als er in Scätterlings Gesicht blickte. Die Elfe stotterte nicht nur, wenn sie aufgeregt war, sie schielte auch ganz fürchterlich, was vermutlich auch der Grund sein mochte, warum sie gegen die Lampe geflogen war. Trotzdem versuchte er, ein möglichst strenges Gesicht aufzusetzen. »Du solltest dich wirklich um eine korrekte Aussprache bemühen, meine Liebe«, sagte er. »Immerhin bin ich der Direktor deiner Schule. Ich nehme an, du sprichst von Ffaffarrill, dem König der Feuerdrachen. Korrekt heißt es dann: Der Ffaffarrill, nicht das. Und eigentlich solltest du ihn *Meister* Ffaffarrill nennen.« Er runzelte nachdenklich die Stirn. »Aber er hat seinen Besuch erst für nächste Woche angekündigt.«

»A. . . a. . . aber das fahr. . .«, begann Scätterling unglücklich und die Falte auf Themistokles' Stirn wurde noch tiefer.

»Nein, es heißt *der* Drache, nicht *das* Drache«, unterbrach sie Themistokles. »So schwer ist das doch nicht, oder?«

Die Tür flog mit einer so heftigen Bewegung auf, dass sie gegen die Wand knallte, und Themistokles drehte sich hastig um. Im ersten Moment sah er nichts, als hätte sich die Tür tatsächlich wie durch Zauberei bewegt, doch dann sagte eine tiefe, knarrende Stimme: »Das fahrende Volk ist da.«

Themistokles blickte überrascht nach unten auf den nur einen halben Meter großen (dafür aber genauso breiten) ledergesichtigen Zwerg, der auf so ungestüme Weise hereingekommen war. »Das fahrende Volk?«, wiederholte er mit einem fast verlegenen Blick in Scätterlings Richtung. Die Elfe richtete sich gerade unsicher auf und versuchte, ihre zerknitterten Flügel glatt zu streichen, und obwohl sie demonstrativ wegsah, gelang es ihr nicht vollkommen, zu verhehlen, wie sehr sie Themistokles' Verlegenheit genoss. Hastig sah der Zauberer wieder zu Kjuub hin.

»Das fahrende Volk ist da, sagst du?«

Der Zwerg nickte heftig. »Sie schlagen ihre Wagen

und Zelte gerade draußen vor der Burg auf«, antwortete er und deutete mit dem Daumen über die Schulter zurück. »Sie wollten eigentlich ins Schloss, um unten auf dem Hof zu kampieren, aber ich glaube nicht, dass Ihr damit einverstanden gewesen wärt, Meister Themistokles.«

»Worauf du dich verlassen kannst!«, grollte Themistokles. Kjuub wich erschrocken einen halben Schritt zurück und Themistokles gemahnte sich in Gedanken zur Ordnung. Der Zwerg konnte nichts dafür.

Hastig stand Themistokles auf, trat an den großen Spiegel neben der Tür heran – und strich noch einmal glättend mit den Händen über sein schwarzes Zaubergewand. Sein spitzer Zauberhut saß (wie üblich) ein wenig schräg auf seinem Kopf. Er nahm ihn ab und fuhr sich noch einmal mit den Fingern durch die Haare, bevor er den Hut wieder aufsetzte und pedantisch gerade rückte. Schließlich war er als Direktor dieser Schule eine Respektsperson und wollte auch so aussehen, wenn er das tat, was er tun musste.

Gaukler an seiner Schule? Unmöglich. Am Tag seiner Ankunft war der letzte Lehrer abgereist, sodass Themistokles die beinahe hundert Schüler ganz allein unterrichten musste, und es waren nicht die Schüler, an die er sich aus seiner Jugend erinnerte, sondern ein undisziplinierter, wilder Haufen von Drachen, Kobolden, Zwergen, Feen, Trollen und allen möglichen anderen Geschöpfen, die eigentlich nur eines gemeinsam hatten: Sie waren allesamt magisch begabt und in einem Alter, in dem sie mit ihrer magischen Begabung eigentlich viel lieber Unsinn anstellten, statt sie für etwas Nützliches einzusetzen. In den letzten drei Monaten war es Themistokles mit mehr oder weniger Erfolg gelungen, zumindest den Anschein von Disziplin und Ordnung aufrechtzuerhalten, was ihm jetzt das *fahrende Volk* mit seinem zweifellos chaotischen Einfluss auf einen Schlag wieder zunichtezumachen drohte.

Das war aber das kleinere Problem. Das größere stand auf seinem Schreibtisch in der Zauberstube, die im höchsten Turm der Burg untergebracht war, hatte ungefähr die Größe eines Fußballs und bestand aus magischem Glas. Es war seine Zauberkugel. Erst gestern wieder hatte Themistokles hineingesehen und versucht, einen Blick in die Zukunft zu werfen, aber unglücklicherweise funktionierte die Zauberkugel nicht mehr richtig, seit sie vor ein paar Wochen zu Boden gefallen und dabei zerbrochen war. Themistokles hatte sie zwar wieder zusammensetzen können, doch seither gefiel sich das vermaledeite Ding darin, ihm auf glasklare Fragen schwammige Antworten zu geben. So hatte es ihm gesagt, dass Neues und Aufregendes auf die Universität Drachenthal zukomme und dass mit diesem Neuen auch eine gro-

ße Gefahr heraufziehe. Themistokles hatte sich die halbe Nacht und den ganzen bisherigen Tag den Kopf über die Bedeutung dieser Worte zerbrochen und er war nicht einmal ganz sicher, ob sie sich wirklich auf das fahrende Volk bezogen.
So schnell ihn seine alten Beine trugen, lief er die steile Wendeltreppe zum Burghof hinunter, eilte zum Tor und blieb einen Moment darunter stehen, um sich umzublicken. Wie ihn Kjuubs Ankündigung schon hatte befürchten lassen, befand sich auf dem großen Platz vor dem Burghof ein überraschend weitläufiges Lager aus Zelten, hölzernen Buden und Podesten im Aufbau. Überall wurde gehämmert, gesägt und gewerkelt. Themistokles sah Dutzende, wenn nicht gar Hunderte von Männern und Frauen, die Lasten trugen, Dinge zusammenbauten, große, farbige Tücher entrollten, aber auch andere Geschöpfe: Riesen, Zwerge und Trolle, selbst ein Einhorn, das in einem Käfig aus schlampig mit Goldbronze angemalten Bambusstäben am anderen Ende des Lagers untergebracht war, und auch ein paar Harpyien und Greife.
Beim Anblick dieser Geschöpfe verdüsterte sich Themistokles' Gesicht noch mehr. Jedes lebende Wesen liebt die Freiheit, magisch begabte Geschöpfe aber umso mehr (wovon Themistokles sich in den vergangenen drei Monaten in leidvoller Erfahrung selbst

hatte überzeugen können) und es brach ihm schier das Herz, diese stolzen, klugen Geschöpfe hier als Gefangene zu sehen, nur damit sie von Neugierigen angegafft werden konnten.
Dabei war er durchaus nicht der erste Bewohner des Internats, der sich auf dem großen Platz eingefunden hatte. Genau genommen war er vermutlich eher der *letzte*. Obwohl er seine Schüler noch vor ein paar Minuten brav in ihren Zimmern über ihren Büchern sitzend gewähnt hatte, entdeckte er jetzt jeden Einzelnen von ihnen zwischen den Zelten und Bretterbuden der Gaukler. Viele standen einfach nur neugierig herum und guckten, manche hatten den einen oder anderen Jongleur oder Feuerspucker in ein Gespräch verwickelt und nur zu viele umlagerten den Käfig mit dem gefangenen Einhorn, denn selbst auf Märchenmond war ein solches Geschöpf ein höchst seltener Anblick.
Dann sah er etwas, was ihn mit *wirklicher* Sorge erfüllte: Zwischen all seinen Schülern – die längst nicht alle menschliche Formen hatten – entdeckte er zwei junge Drachen, der eine mit dunkelrot glitzernden Schuppen und lächerlich kleinen Flügeln, der andere mit einem dafür umso größeren, ehemals grauen, jetzt von einem kräftigen Grün dominierten Flügelpaar, und eine rotbraune, fast menschengroße Spinne mit flauschigen, fellbedeckten Beinen. Feuer, Sturm

und Spinne, die drei größten Rabauken des gesamten Internats, die ihm schon mehr als einmal gehörigen Ärger und eine Menge Kopfzerbrechen bereitet hatten. Als Feuer das letzte Mal über die Stränge geschlagen hatte, hätte es ihn beinahe das Leben gekostet. Aber sein abgebrochenes Horn war schon fast wieder ganz nachgewachsen und man musste auch sehr genau hinsehen, um zu erkennen, dass der junge Drache ein bisschen humpelte. Im gleichen Maße, in dem er sich erholte, kehrten auch seine unangenehmen alten Eigenschaften zurück. Wäre Feuer nicht rein zufällig der einzige Sohn Ffaffarrills gewesen, des mächtigen Königs aller Drachen, so hätte Themistokles ihn vermutlich längst von der Universität verwiesen.

Themistokles verscheuchte diesen Gedanken, klatschte in die Hände und rief laut, um sich Gehör zu verschaffen. Ebenso gut hätte er sich aber auch mit der Wand hinter sich unterhalten können. Zwei oder drei seiner Schüler wandten den Kopf und sahen gelangweilt in seine Richtung, ansonsten reagierte jedoch niemand. Themistokles räusperte sich, murmelte einen Zauberspruch und klatschte noch einmal in die Hände, und diesmal rollte das Geräusch wie ein gewaltiger Donnerschlag über den Platz.

»Was ist denn hier los?«, rief er – mit einer Stimme, die ebenso magisch verstärkt war wie sein Händeklatschen. Vielleicht hatte er es damit ein bisschen übertrieben, denn der Boden unter seinen Füßen begann zu zittern und aus der bröckeligen Mauerkrone über ihm lösten sich ein paar Steine und fielen herab, sodass er sich mit einem hastigen Sprung in Sicherheit bringen musste. Eines der Zelte in seiner Nähe, das noch nicht fertig aufgebaut gewesen war, stürzte in sich zusammen und begrub seine schimpfenden Insassen unter sich und am anderen Ende des Lagers wieherten ein paar Pferde erschrocken und gingen durch. Themistokles murmelte rasch einen weiteren Zauberspruch, der die Lautstärke seiner Stimme ein wenig dämpfte, klatschte noch einmal in die Hände und fuhr fort: »Wer hat euch erlaubt hierherzukommen? Es ist Arbeitszeit! Geht sofort auf eure Zimmer zurück!«

Auch jetzt reagierte im allerersten Moment niemand. Die Hälfte seiner Schüler konnte es vermutlich auch gar nicht, denn seine Stimme hatte sie einfach von den Füßen gefegt und sie saßen reichlich verdattert da und starrten ihn oder sich gegenseitig an, während andere sich die Ohren zuhielten, sichtlich nach einem Versteck suchten oder vergeblich so taten, als wären sie gar nicht da. Selbst die meisten Gaukler sahen ihn aus großen Augen an, aber auf dem einen oder anderen Gesicht gewahrte er auch Unmut oder gar unverhohlenen Zorn. Als Themistokles sich dem

Lager näherte, flog die Plane des Zeltes beiseite, das er gerade versehentlich niedergebrüllt hatte, und ein fettleibiger Bursche mit Glatze, einem dafür aber umso längeren struppigen Bart und wild dreinblickenden Augen arbeitete sich schimpfend in die Höhe. Er sah sich aus wütend blitzenden Augen um, identifizierte zielsicher Themistokles als den Urheber des Unglücks, das ihm zugestoßen war, und stampfte mit zornig vorgerecktem Kinn auf ihn zu.

»Was fällt Euch ein?!«, fuhr er ihn an. »Habt Ihr überhaupt eine Ahnung, was Ihr da angerichtet habt?« Er wedelte aufgeregt mit den Händen, deutete mit der rechten Hand auf sein zusammengebrochenes Zelt und mit der anderen anklagend dorthin, wo sich seine Leute immer noch vergebens bemühten, die durchgehenden Pferde zu beruhigen, und fuhr in noch herrischerem Ton fort: »Wer seid Ihr überhaupt, Ihr altes Schreckgespenst?«

Scätterling, die dicht neben Themistokles' linkem Ohr flog, japste ungläubig. »Die... die... dieser u... u... unverschämte K... K... Kerl!«, piepste sie. »Soll ich i... i... ihm da... da... dafür den K... Kopf abreißen?«

»Oder ich?«, fügte Kjuub hinzu, der Themistokles ebenfalls gefolgt war.

Themistokles brachte seine beiden kleinen Verbündeten mit einer raschen Handbewegung zum Schweigen, straffte sichtlich die Schultern und ging dem Glatzkopf gemessenen Schrittes entgegen. »Wenn Ihr gestattet, dass ich mich vorstelle«, sagte er so würdevoll wie möglich. »Mein Name ist Themistokles. Ich bin das alte Schreckgespenst, das diese Schule leitet. Und mit wem habe ich das Vergnügen?«

Der Fettsack riss die Augen auf. »Themistokles?«, wiederholte er. »Etwa *der* Themistokles?« Er wurde blass und wich einen Schritt zurück.

»Ich bin in der Tat alt genug, dass mich manche bereits für ein Gespenst halten mögen«, antwortete Themistokles. »Aber ich kann Euch versichern, dass ich keines bin. Wer seid Ihr?«

»Ich bin Meister Bernward«, antwortete der Glatzkopf. »Bitte verzeiht, dass ich Euch nicht gleich erkannt habe, aber . . .«

»Schon gut«, unterbrach ihn Themistokles. Sein Blick löste sich vom Gesicht des Glatzkopfes, auf dem sich mittlerweile nicht nur Überraschung, sondern auch Schrecken abzeichnete, und glitt rasch und missbilligend über den Platz. Der Großteil seiner Schüler hatte seinem Befehl Folge geleistet und befand sich auf dem Rückweg in die Burg, wobei die meisten versuchten, sich möglichst unauffällig an ihm vorbeizudrücken, einige ihre Gestalt aber auch mithilfe von Magie verschleierten – was Themistokles natürlich ausnahmslos durchschaute. Trotzdem merkte er sich die Namen dieser Schüler. Nicht etwa um sie später zur Rede zu stellen oder gar zu bestrafen. Ganz im Gegenteil. Immerhin war dies eine Schule, auf der *Magie* gelehrt wurde, und so würde er den wenigen Schülern, die sich tatsächlich mit Magie aus dieser misslichen Lage retten wollten, später eine gute Note ins Klassenbuch schreiben – selbstverständlich ohne es ihnen zu sagen.

»Ich nehme an, das hier ist Eure . . .« Er suchte nach Worten, während er sich wieder an den Glatzkopf wandte.

»Truppe«, half ihm Meister Bernward aus. »Ja. Ich bin . . . für sie so etwas wie Ihr für Eure Schüler, verehrter Themistokles.«

Themistokles, dem dieser Vergleich nicht unbedingt gefiel, beließ es bei einem schrägen Blick und sah weiter der abziehenden Meute zu. Fast am anderen Ende des Platzes gewahrte er Feuer und seine beiden Spießgesellen, die so taten, als hätten sie seine Worte nicht gehört, und in ein intensives Gespräch mit einem buckeligen Troll verwickelt waren, der wenig vertrauenerweckend aussah. Themistokles verspürte schon wieder eine leise Besorgnis. Zwar erfüllte ihn irgendwie alles, was Feuer tat, mit Sorge, aber bei diesem Anblick beschlich ihn ein ganz besonders unangenehmes Gefühl. Hätte doch nur diese vermaledeite Zauberkugel richtig gearbeitet!

»Wohlan, Meister Bernward«, sagte er. »Was führt Euch in diesen abgelegenen Teil der Welt? Noch dazu unangemeldet?«

»Unangemeldet?« Bernward blinzelte verwirrt. »Aber hat Euch denn Meister Ganvas nichts gesagt?«

»Meister Ganvas?« Themistokles musste einen Moment überlegen, bis ihm wieder einfiel, dass das der Name seines Vorgängers hier auf der Zauberuniversität gewesen war. Er schüttelte den Kopf. »Ich fürchte, er ist ein wenig überhastet aufgebrochen. Ihr hattet Euren Besuch mit ihm abgesprochen, sagt Ihr?«

»Nicht direkt.« Bernward sah ziemlich unglücklich aus. »Aber wir kommen jedes Jahr zur selben Zeit hierher. Eure Schüler haben sich immer sehr auf unseren Besuch gefreut.« Er begann, die kurzen Stummelfinger aneinanderzureiben. »Es ist eine gute alte Tradition, mit der Ihr doch nicht etwa brechen wollt? Eure Schüler wären bestimmt sehr enttäuscht.«

Themistokles' Blick wurde für einen Moment noch eisiger. An Bernwards Worten war an und für sich nichts auszusetzen, aber ihm gefiel der Ton nicht, in dem dieser schmerbäuchige Schausteller sprach; er machte aus einer reinen Feststellung fast so etwas wie eine Drohung. »Das wird sich zeigen«, sagte er kühl. »In meinem Lehrplan ist eigentlich kein Platz für solcherlei Firlefanz.«

»Aber Meister Themistokles …!«, begann Bernward,

doch Themistokles unterbrach ihn sofort mit einer Geste.
»Ich werde sehen, was sich tun lässt«, sagte er. »Baut vorerst nur Eure Zelte und Attraktionen auf. Ich komme vielleicht später am Tag noch einmal zu Euch und dann reden wir.«
Bernward sah ihn unübersehbar enttäuscht an, doch zugleich glaubte Themistokles auch ein tückisches Funkeln in seinen Augen zu erkennen. Er war jedoch nicht richtig bei der Sache. Sein Blick irrte immer wieder zu Feuer und den beiden anderen hin, die ganz selbstverständlich weiter so taten, als hätten sie seine Worte gar nicht gehört, und sich mit dem Troll unterhielten. Der Bursche gefiel Themistokles nicht. Er mochte Trolle nicht. Von allen Wesen Märchenmonds galten sie als die verschlagensten und heimtückischsten. Bernward schien noch etwas sagen zu wollen, doch Themistokles murmelte ganz leise einen Zauberspruch und pfiff dann auf den Fingern. Weder der Schausteller noch irgendeiner sonst hier hörte diesen Pfiff wirklich, aber der Zauberspruch sorgte dafür, dass er in einer Tonlage erscholl, die für Feuer und seine beiden Kumpane unüberhörbar war. Der junge Drache machte einen erschrockenen Hüpfer, der ihn fast zwei Meter weit in die Höhe katapultierte, und breitete dann hastig die Schwingen aus. Allerdings war es zu spät. Er krachte wie ein Stein

wieder zu Boden und seine auseinandergefalteten lederhäutigen Flügel versetzten dem Troll eine Ohrfeige, die ihn ein halbes Dutzend Schritte zurückstolpern und dann auf dem dicken Hinterteil landen ließ, und auch Sturm und Spinne quietschten erschrocken und wirbelten so schnell herum, dass sich das mehrbeinige Geschöpf in seinen langen Gliedmaßen verhedderte und ungeschickt auf die Seite fiel, wobei es Sturm mit sich riss. »Geht sofort in eure Zimmer und wartet dort auf mich!«, sagte Themistokles für Bernward und alle Umstehenden ganz leise und in fast freundlichem Ton, für die drei Übeltäter aber mit Donnergrollen.

Diesmal vergingen nur Sekunden, bis sich Spinne wieder aufgerappelt und ihre zahllosen Gliedmaßen sortiert hatte, und auch Sturm sprang rasch in die Höhe und rannte auf das Burgtor zu, so schnell er nur konnte. Nur Feuer drehte sich provozierend langsam um und maß Themistokles mit einem langen, boshaften Blick aus seinen blutroten Augen. Schließlich aber setzte er sich in Bewegung. Und auch der Troll rappelte sich auf und tat das, was nur Trolle *wirklich* können: Er trollte sich.

»Wie gesagt«, wandte sich Themistokles wieder an den Schausteller. »Ich komme später noch einmal zu Euch. Jetzt habe ich erst einige Dinge mit meinen Schülern zu besprechen.«

Er verabschiedete sich mit einem knappen Kopfnicken von Bernward, überzeugte sich mit einem raschen Blick davon, dass auch Feuer das Tor ansteuerte, und drehte sich dann herum, um gemessenen Schrittes zurückzugehen. Kurz bevor er den Burghof betrat, blieb er jedoch noch einmal stehen und drehte sich um. Bernward stand noch immer da und blickte ihm nach und auch der Troll hatte sich nicht wirklich entfernt, sondern stand im Schatten eines schmuddeligen, sehr großen Zeltes und starrte zu ihm hin. Themistokles war nicht sicher, ob er es sich vielleicht nur einbildete, aber in diesem Moment zumindest glaubte er ein bösartiges Funkeln in den Augen des Geschöpfes zu erkennen.

Die Geisterbahn

Die Dunkelheit war im allerersten Moment tatsächlich vollkommen und fast schon ein bisschen unheimlich gewesen; aber wirklich nur im *allerersten* Moment. Dann machte der Wagen einen scharfen Ruck nach rechts, der Rebekkas Rippen so unsanft gegen das Geländer krachen ließ, dass ihr die Luft wegblieb, und vor ihnen glomm ein flackerndes blaues Licht auf. Es sollte wahrscheinlich unheimlich wirken, aber Tanja stieß nur einen abfälligen Laut aus und selbst Rebekka, die sich eigentlich nicht für so etwas interessierte, erkannte, dass es sich bei dem vermeintlich gespenstischen Licht um eine stinknormale Neonröhre handelte, um die jemand blaues Seidenpapier gewickelt hatte. Der Wagen rumpelte auf den unebenen Schienen dahin und wurde immer schneller und aus einem verborgenen Lautsprecher drang ein ebenso schauerlich gemeintes wie albern klingendes, gespenstisches Lachen.

Obwohl Rebekka nicht hinsah, konnte sie fast spüren, wie Tanja die Augen verdrehte, und selbst sie musste ein Lachen unterdrücken, als plötzlich neben ihnen eine Klappe aufging und das dazu passende Gummigespenst heraussprang. Der Wagen rumpelte weiter und

aus einer Klappe in der Decke fiel eine Spinne aus Pappmaschee, die ihre besten Tage wohl schon hinter sich hatte, denn als sie mit einem Ruck abbremste, löste sich eines ihrer schlenkernden Beine und fiel unmittelbar vor dem Wagen auf die Schienen, wo es sofort von den eisernen Rädern zermalmt wurde.
»Das darf ja wohl nicht wahr sein!«, beschwerte sich Tanja. »Was glaubt Biene eigentlich, wer wir sind? Das ist ja der reinste Kindergarten!«
Rebekka konnte ihr nicht widersprechen. Vor ihnen tauchte jetzt ein Drache auf, der Feuer aus beleuchtetem Papier spuckte, das im Windzug flatterte, und bei dessen Anblick Rebekka tatsächlich ein bisschen erschrocken zusammenfuhr – was aber nicht an dieser albernen Pappfigur lag, sondern vielmehr daran, dass sie bereits Erfahrung mit einem *richtigen* Drachen gemacht hatte und dieses Pappungetüm die Erinnerung an etwas weckte, was sie eigentlich für immer und alle Zeiten vergessen wollte. Der Drache verschwand wieder in seiner Klappe in der Decke, gerade als es schien, dass sie mit ihm zusammenprallen mussten, und ein einäugiger Pirat mit Holzbein und einem Haken anstelle der rechten Hand tauchte vor ihnen auf den Schienen auf. Tanja wimmerte in gespielter Verzweiflung. Der Pirat verschwand und der Wagen schoss erneut um eine Kurve und wurde noch einmal schneller ...

und stürzte ins Nichts!
Diesmal, das musste Rebekka zugeben, war der Trick wirklich gut. Vor ihnen war plötzlich nur noch vollkommene Schwärze und durch ein geschicktes Zusammenspiel von Bemalung und Licht sah es tatsächlich so aus, als ob die Schienen einfach aufhörten und sich ein bodenloser Abgrund auftat. Ganz instinktiv hielt sie sich mit beiden Händen an dem rostigen Sicherheitsbügel fest und kreischte übertrieben hysterisch, als ihnen ein geschickt angebrachtes Gebläse einen Windzug ins Gesicht pustete, so als begännen sie tatsächlich zu fallen, und auch der Wagen neigte sich spürbar ein Stück nach vorne. Die Illusion war perfekt.
Nur dass es keine Illusion war.
Der Wind wurde stärker. Das Gefühl zu fallen hörte nicht auf, sondern nahm immer mehr zu und war plötzlich ganz und gar nicht mehr lustig. Unter ihnen war kein Boden mehr. Sie stürzten tatsächlich!
Auch Tanja schrie plötzlich auf, als sie begriff, dass aus der Illusion schrecklicher Ernst geworden war, und klammerte sich mit aller Kraft an den rostigen Eisenbügel vor ihnen. Der Wagen schoss schneller und schneller und immer schneller werdend in die Tiefe und Rebekkas Herz begann wie rasend zu hämmern. Sie stürzten jetzt schon mindestens fünf oder sechs Sekunden, und wenn sie aufprallten, dann konnte das gar nicht anders als tödlich enden!

Plötzlich sah sie den Boden des Abgrunds unter sich. Es war nicht mehr das Gemisch aus alten Brettern und schmutzigem Sägemehl, durch das sich die Schienen bisher geschlängelt hatten, sondern eine schwarze, zerschundene Einöde aus glitzernder Lava, die ihnen spitze Dornen und rasiermesserscharfe Felsgrate entgegenzustrecken schien. Die Schienen waren verschwunden und ein ganzes Gewirr aus roten, ineinanderlaufenden Rissen und Sprüngen durchzog diese Ebene wie ein unheimliches leuchtendes Spinnennetz. Plötzlich war es furchtbar heiß.
Rebekka klammerte sich noch fester an den Bügel, schloss die Augen und wartete auf den Aufprall, mit dem der schreckliche Sturz enden musste. Er kam auch und er war hart genug, um ihre Zähne schmerzhaft aufeinanderschlagen zu lassen, doch er war nicht annähernd so schlimm, wie sie erwartet hatte. Statt zu Tode zu stürzen, wurden sie nur kräftig durcheinandergewirbelt und der Wagen ächzte und stöhnte, als wollte er in Stücke brechen. Und obwohl es keine Schienen mehr gab, raste er sofort weiter und jagte, immer noch schneller werdend, in einem komplizierten Zickzackkurs zwischen den Lavabrocken und den mit glühendem flüssigem Magma gefüllten Spalten und Rissen hindurch. Tanja schrie irgendetwas, das im tosenden Fahrtwind unterging, und Rebekka musste sich mit aller Macht

beherrschen, um nicht vor Angst ebenfalls laut loszuschreien.

Mit klopfendem Herzen sah sie nach oben. Das schwarze Segeltuch, aus dem die Geisterbahn bestand, war verschwunden und hatte einem unheimlichen, niedrig hängenden Himmel voller dräuender Gewitterwolken Platz gemacht, in denen es gespenstisch wetterleuchtete. Dann und wann zuckte ein Blitz zu Boden, manchmal sehr weit entfernt, oft genug aber auch so nahe, dass die Funken auf dem Boden explodierten und sie glaubte, verbrannte Luft riechen zu können, und manchmal tat sich rechts oder links von ihnen ein brüllender Geysir auf, aus dem aber kein kochendes Wasser oder Dampf schoss, sondern rot glühende, geschmolzene Lava. Zwei oder drei der glühenden Tropfen trafen den Wagen und fraßen sich zischend ins Holz.

»Was ist das?«, kreischte Tanja. »Rebekka! Wo sind wir?«

Rebekka wusste es nicht. Es war ja nicht einmal das erste Mal, dass es sie – und auch ihre Freundin – in eine andere Welt verschlug, aber *so etwas* hatten sie beide noch nicht erlebt. Das hier war ganz bestimmt nicht Märchenmond, das Land der Legenden und Träume. Es war schon eher so etwas wie die Hölle, von der die Erwachsenen manchmal sprachen und an deren Existenz sie natürlich niemals geglaubt hatte.

Und dieses schreckliche Land war nicht unbewohnt . . .
Tanja schrie plötzlich noch lauter auf und deutete nach vorn, und als Rebekkas Blick ihrem ausgestreckten Finger folgte, da machte ihr Herz einen erschrockenen Sprung bis in den Hals hinauf.
Zum zweiten Mal, seit sie in die Geisterbahn hineingefahren waren, sahen sie sich einem Drachen gegenüber.
Nur dass dieser hier echt war! Das Geschöpf war riesig. Seine Schuppen, von denen jede einzelne größer als Rebekkas Hand sein musste, glänzten in einem unheimlichen düsteren Rot. Seine Augen schienen von grellgelben, lodernden Flammen erfüllt zu sein und seine Zähne waren lang wie Schwerter und mindestens genauso scharf. Als es seine gewaltigen Flügel entfaltete, schienen diese den Himmel noch weiter zu verdunkeln, und unter den Schritten seiner riesigen Pranken erzitterte die Erde.
Und ihr Wagen schoss genau auf dieses Ungeheuer zu!
Verzweifelt begann Rebekka, an dem rostigen Haltebügel zu zerren. Obwohl der Wagen schnell wie ein ICE dahinschoss, wäre sie lieber bei voller Fahrt abgesprungen, statt geradewegs in den Rachen dieses Ungeheuers hineinzurasen! Aber so alt und wenig vertrauenerweckend der Bügel auch aussehen moch-

te – er hielt. Nicht einmal ihre gemeinsamen Kräfte reichten, um ihn zu lösen, und sie schossen, immer noch schneller werdend und hilflos eingesperrt, auf das aufgerissene Maul des Drachen zu.
Im allerletzten Moment, als Rebekka schon glaubte, es wäre nun wirklich um sie geschehen, schlug der Wagen einen blitzschnellen Haken nach links und die riesigen, zuschnappenden Kiefer des Drachen verfehlten sie um Haaresbreite, rissen aber ein gutes Stück aus dem bunt bemalten Heck des Wagens. Ein Regen aus Holzsplittern und Trümmern, vermischt mit dem stinkenden Atem des Monstrums, schlug über ihnen zusammen, als sie hastig die Köpfe einzogen, und das Ungeheuer brüllte enttäuscht auf. Sofort setzte es zur Verfolgung an, aber nun erwies sich das hohe Tempo des Wagens als ihre Rettung.
So elegant der Drache sich mit seinen gewaltigen Schwingen vermutlich in der Luft bewegte, so tollpatschig tat er es auf dem Boden. Er watschelte hinter ihnen her, und obwohl seine enorme Größe auch diesem Watscheln noch eine erstaunliche Geschwindigkeit verlieh, war der Wagen doch ungleich schneller. Der Abstand zwischen ihnen vergrößerte sich jetzt so rasch, wie er gerade zusammengeschmolzen war. Schließlich blieb der Drache stehen, stieß ein wütendes Brüllen aus – und spuckte eine gelbe, lodernde Flammenzunge in ihre Richtung!

Rebekka schrie in schierer Todesangst auf, riss die Arme vors Gesicht – und ein Schwall aus eiskaltem, übel riechendem Wasser schlug über Tanja und ihr zusammen.

Im allerersten Moment war sie fast blind, denn das Wasser lief ihr nicht nur in den Mund und ließ sie husten, sondern auch in die Augen, aber sie sah trotzdem, dass sie sich mit einem Mal wieder in dem mit schwarzen Tüchern verhangenen Inneren der Geisterbahn befanden. Ihr Wagen raste mit einem Affenzahn an einem schmalen hölzernen Podest vorüber, auf dem ein Gummiskelett mit einem albern grinsenden Totenkopf und lang ausgestreckten Fingern stand, das nach den Fahrgästen zu greifen schien, daneben ein hochgewachsener Bursche in einer schwarzen Lederjacke, der einen rostigen Zinkeimer in der rechten Hand schwenkte und den schwelenden Wagen mit den beiden Mädchen aus fassungslos aufgerissenen Augen und mit offenem Mund anstarrte.

Dann waren sie vorbeigerumpelt. Der Wagen fegte mit einem so halsbrecherischen Tempo um eine letzte Kurve, dass Rebekka ernsthaft damit rechnete, ihn aus den Schienen springen zu fühlen, und plötzlich wurde es vor ihnen wieder hell. Das mottenlöchrige schwarze Tuch, das den Ausgang verdeckte, wurde beiseitegeschlagen und der Wagen schoss hindurch

und kam mit einem schrillen, in den Ohren schmerzenden Quietschen zum Stillstand.
Neben ihr begann Tanja wie ein Rohrspatz zu schimpfen und hustete und spuckte schmutziges Wasser aus, und auch Rebekka fuhr sich angeekelt mit den Händen durchs Gesicht. In dem Eimer war nicht nur Wasser gewesen, so viel stand fest.
»Was ist denn hier los?«, fragte Biene mit ebenso fassungsloser wie erzürnter Stimme. Rebekka sah zu ihr hoch, aber sie musste blinzeln, weil ihr immer noch Wasser in die Augen lief, und so konnte sie den Ausdruck gerechten Zorns auf Bienes Gesicht eigentlich nur erahnen. Der schrille und bei allen Schülern des Internats zu Recht gefürchtete Ton in ihrer Stimme war jedoch nicht zu überhören.
»Verdammte Schweinerei!«, schimpfte Tanja. »Irgend so ein Trottel hat uns eine kalte Dusche verpasst! Igitt!«
Hinter Biene, die mit herausfordernd in die Hüften gestützten Fäusten dastand und abwechselnd die beiden triefnassen Mädchen und den Wagen anstarrte, begann das schadenfrohe Gelächter ihrer Mitschülerinnen laut zu werden und Rebekka glaubte ganz besonders eine Stimme herauszuhören: die Samanthas. Mit einiger Mühe drückte sie den Sicherungsbügel zurück, stand auf und trat mit einem großen Schritt aus dem Wagen heraus, und sie hörte, wie Bie-

ne Luft zu einer weiteren, ganz bestimmt nicht angenehmen Bemerkung holte – und es dann bei einem eindeutig erschrockenen Keuchen beließ. Ganz instinktiv drehte sie sich um und im nächsten Moment konnte sie ihre Lehrerin nur zu gut verstehen.

Dort, wo Tanja und sie gesessen hatten, schimmerten zwei eklige braune Pfützen auf dem Boden des Wagens, aber das war längst nicht das Schlimmste. Das gesamte Gefährt war mit einer Unzahl kleiner, runder Brandlöcher übersät, von denen einige noch qualmten, und nur ein kleines Stück von der Stelle entfernt, an der Rebekkas Arm gelegen hatte, war ein gewaltiges Stück aus der Seitenwand herausgebrochen.

Nur dass es nicht wirklich aussah, als wäre es heraus*gebrochen* worden. Wenn man genau hinsah, dann konnte man die Spuren riesiger Zähne erkennen, die sich in das Holz gegraben hatten . . .

»Was . . .?«, keuchte Fräulein Bienenstich, holte tief Luft und setzte dann noch einmal an: »Was ist denn hier passiert?«

Rebekka konnte nur unglücklich mit den Schultern zucken, doch das allgemeine Gelächter wurde leiser und verstummte nach einem Augenblick ganz, und als sie sich umdrehte und direkt in Samanthas Gesicht sah, erblickte sie in ihren Augen zwar unverhohlene Schadenfreude, aber auch einen allmählich größer werdenden Schrecken. Fast so etwas wie Entsetzen.

»Das ... das habe ich nicht gewollt«, murmelte Sam. Sie hatte ganz leise gesprochen, doch Biene hatte ihre Worte dennoch gehört. Sie fuhr wie von der Tarantel gestochen herum und funkelte ihre *Lieblingsschülerin* an. »*Was* hast du nicht gewollt?«, fauchte sie.

»Ich ... ähmmm ...«, stammelte Sam. »Ich meine ...«

»Ich kann mir schon ganz gut vorstellen, was du meinst, junge Dame«, fiel ihr Biene ins Wort. Rebekka konnte es auch. Sie musste plötzlich wieder an den Jungen denken, mit dem Sam vorhin gesprochen hatte. Sie war jetzt sicher, dass sie ihm einen Geldschein zugesteckt hatte, und es gehörte nicht viel Fantasie dazu, sich den Grund dafür zu denken.

Aber das war Rebekka im Moment vollkommen egal. Während Samantha unter Bienes Blick geradezu auf Briefmarkenformat zusammenschrumpfte und Biene mit einem Verhör begann, gegen das eine mittelalterliche Folterung das reinste Kinderspiel war, schob sich Rebekka langsam aus der Gruppe ihrer Mitschülerinnen heraus.

»Es reicht mir jetzt, Samantha«, hörte sie Biene hinter sich schimpfen. »Ich werde Anton anrufen, damit er den Bus startklar macht. Aber vorher habe ich noch ein paar Takte mit dem Betreiber dieses Geschäfts zu reden.« Und damit wandte sie sich abrupt

um und steuerte kampflustig das kleine Kassenhäuschen an.
Rebekka sah ihr enttäuscht nach. Ihr Herz klopfte noch immer wie rasend und hinter ihrer Stirn jagten sich verrückte Bilder von Feuer speienden Vulkanen, Blitzen und riesigen Drachen. Wären die Brandlöcher im Wagen und die Bissspuren an seiner Seite nicht gewesen, dann hätte sie sich einreden können, sich alles nur eingebildet zu haben. So aber . . .
Nein, dieser Gedanke war zu beängstigend, um ihn auch nur zu denken. Und außerdem hatte etwas ganz anderes ihre Aufmerksamkeit auf sich gezogen – das Zelt am anderen Ende des Platzes. »Mir ist schlecht«, sagte sie zu einer Mitschülerin. »Wenn Biene wiederkommt, dann sag ihr, dass wir eben mal zur Toilette sind.«
Ehe das Mädchen etwas erwidern konnte, ergriff Rebekka Tanjas Arm und schob sie vorwärts. Dabei vergaß sie nicht, demonstrativ die rechte Hand auf den Mund zu pressen, als wäre ihr tatsächlich schlecht. Ein bisschen war es das auch, aber nicht annähernd so sehr, wie sie tat. Dafür begann sie jetzt jedoch richtig zu frieren und auch Tanja schien vor Kälte zu bibbern. Ihre Haare hingen klebrig und klatschnass herab, ihre Gesichter waren schmutzig und auch ihre Kleidung war durchtränkt und stank erbärmlich.
»Sag mal, was war denn das gerade da drinnen?«,

fragte Tanja, nachdem sie einen raschen Blick über die Schulter zurückgeworfen und sich davon überzeugt hatte, dass sie auch tatsächlich allein waren. »Haben wir uns das nur eingebildet?«

»Klar«, antwortete Rebekka spöttisch. »Genau wie die Brandlöcher und das Stück, das der Drache aus dem Wagen gebissen hat.«

Tanja wurde noch ein bisschen blasser, als sie es sowieso schon war. »Aber . . . aber wie ist denn das möglich?«

Rebekka hätte eine Menge dafür gegeben, hätte sie die Antwort auf diese Frage gewusst. Sie hatte zwar einen Verdacht, doch der war einfach zu schrecklich, um ihn laut auszusprechen. Statt zu antworten, ging sie noch schneller, sodass Tanja nun wirklich rennen musste, um mit ihr Schritt zu halten. Nach kaum zwei Minuten erreichten sie den umgebauten Bauwagen, in dem sich die Toiletten befanden. Tanja kramte in der Hosentasche und förderte ein Zehncentstück für den Automaten der Türklinke zutage, aber Rebekka schüttelte nur den Kopf, als sie ihr die Münze hinhielt.

»Das brauche ich nicht«, sagte sie. »Pass nur auf, dass niemand kommt.«

Tanja sah sie völlig verwirrt an. »Aber was hast du denn vor?«

Rebekka lief am Toilettenwagen vorbei und stürmte

auf das Zelt zu. Sie konnte noch immer nur seine schäbige, heruntergekommene Rückseite erkennen, aber die unhörbare Stimme in ihrem Inneren, die sie von dort zu rufen schien, war mittlerweile fast zu einem Befehl geworden, dem sie sich nicht einmal dann hätte entziehen können, wenn sie es gewollt hätte.

»Rebekka!«, rief Tanja ihr nach. »Bist du verrückt geworden? Weißt du, was Biene mit dir macht, wenn sie dich . . .«

Rebekka hörte nicht mehr hin. Mit zwei, drei gewaltigen Schritten hatte sie das Zelt erreicht und bog, ohne langsamer zu werden, um die Ecke.

Der Prinz in der Kugel

Themistokles war geschockt. Gute zwei Stunden waren vergangen, seit er mit Meister Bernward gesprochen und seine Schüler zurück in ihre Zimmer gescheucht hatte, und seither war das Lager des fahrenden Volkes unten vor dem Burgtor ununterbrochen weitergewachsen. Themistokles beobachtete es vom Fenster seiner Zauberstube im höchsten Turm der Burg aus. Wie er aus den Tagebüchern seines Vorgängers mittlerweile wusste, hatte Meister Bernward durchaus die Wahrheit gesagt: Jedes Jahr am gleichen Tag kam das fahrende Volk hierher und schlug sein Lager vor den Toren der Burg auf und es war tatsächlich immer ein großes Ereignis für die Schüler der Universität. Und doch bereitete ihm der Anblick mit jeder Sekunde, die verging, größeres Unbehagen. Irgendetwas stimmte nicht.

Themistokles überlegte, ob er vielleicht einfach zu misstrauisch war. Am liebsten hätte er Bernward und seine Truppe sofort wieder weggeschickt, aber er vermutete, dass das zu einer kleinen Meuterei unter seinen Schülern geführt hätte. Und auch wenn er ein recht altmodischer Zauberer und der Meinung war, dass man Kinder durchaus mit einer strengen Hand

erziehen sollte, so wusste er doch auch, dass er ihnen nicht alle Freiheiten und jede Belohnung vorenthalten durfte.
Aber auf der anderen Seite hatte er auch gelernt, auf seine Ahnungen zu hören. Sie hatten ihn schon mehr als einmal vor großem Unheil bewahrt.
Ein klopfendes Geräusch riss ihn aus seinen Gedanken. Themistokles ließ seinen Blick aufmerksam, aber auch ein bisschen erschrocken durch seine Zauberstube schweifen. Jedem, der sie nicht so gut kannte wie er, wäre sie wie ein einziges heilloses Durcheinander vorgekommen, denn Themistokles war alles andere als ein ordentlicher Mann. Dennoch kannte er sich in diesem Chaos aus und wusste, wo die Dinge ihren angestammten Platz hatten. Nichts schien sich verändert zu haben.
Und doch . . . irgendetwas war hier nicht so, wie es sein sollte. Waren vielleicht Scätterling und der Zwerg zurückgekommen? Spielten sie ihm einen Schabernack?
Themistokles wollte gerade nach der Elfe rufen, als sich das sonderbare Geräusch wiederholte. Diesmal hörte er es deutlicher: Es war wie ein Schaben. Wie Fingernägel, die über Glas kratzen. Und das Geräusch war in dieser Umgebung so unheimlich, dass es ihm einen kalten Schauer über den Rücken laufen ließ.

Themistokles löste sich von seinem Platz am Fenster und begann, mit langsamen Schritten durch den Raum zu gehen. Wieder hörte er das Geräusch und diesmal war es so deutlich, dass er erkennen konnte, woher es kam: direkt von seinem Schreibtisch. Genauer gesagt – aus dem Inneren der schimmernden Kristallkugel, die auf ihrem steinernen Sockel daraufstand.

Themistokles' Herz machte einen erschrockenen Hüpfer, als er den Schatten sah, der sich unter der Oberfläche des Glases bewegte. Das war vollkommen unmöglich! Die Zauberkugel war sein persönliches Eigentum. Kein Mensch, Magier oder irgendein anderes Wesen auf der Welt konnte sie zum Leben erwecken außer ihm und sie konnte unter normalen Umständen auch nicht von selbst aktiv werden. Jedenfalls hätte sie das nicht gedurft ...

Äußerst beunruhigt eilte Themistokles zu seinem Schreibtisch und beugte sich vor. Tatsächlich. Unter der Oberfläche des schimmernden Glases bewegten sich Schemen, die fast so aussahen, als wollten sie sich zu einer menschlichen Form zusammensetzen, ohne dass es ihnen gelang. Anscheinend hatte die Kugel bei ihrem Sturz doch größeren Schaden genommen, als er bisher geahnt hatte.

Themistokles schüttelte besorgt den Kopf und kramte in seiner Erinnerung, um einen Zauberspruch zu finden, der die außer Kontrolle geratene Kugel bändigen würde. Ihm fielen zwar zwei oder drei ein, aber keiner davon schien ihm sicher genug – Zauberkugeln waren äußerst mächtige magische Instrumente, die man mit großer Vorsicht behandeln musste, wollte man nicht Gefahr laufen, unendlichen Schaden anzurichten. Er drehte sich um, trat an eines der großen Bücherregale heran, die die Wände seiner Zauberstube beherrschten, und zog einen schweren, in steinhartes Leder gebundenen Folianten heraus. Seine Finger blätterten rasch das uralte Pergament des Buches um und hinter ihm erscholl wieder dieses schaudern machende Fingernägelkratzen auf Glas; und dann hörte er ganz deutlich, wie jemand seinen Namen rief.

Themistokles fuhr so erschrocken herum, dass das Buch seinen Fingern entglitt und zu Boden fiel, aber das bemerkte er nicht einmal. Aus aufgerissenen Augen starrte er die Zauberkugel an.

Aus den grauen und schwarzen Schlieren, die unter ihrer Oberfläche wogten, war eine Gestalt geworden. Zumindest der Teil einer Gestalt: Kopf und Schultern eines dunkelhaarigen Jungen, der sich mit verzweifelter Anstrengung aus dem nebligen Inneren der Kugel herauszuarbeiten versuchte; wie jemand, der in einen tödlichen Sumpf geraten war und verzweifelt paddelte, um nicht vollkommen unterzugehen.

Und das Allerschlimmste war: Themistokles kannte das Gesicht dieses Jungen!

»Peer?«, flüsterte er. »Peer Andermatt?«

»Meister Themistokles!«, rief der Junge. »Ihr müsst . . . zurückholen!«

Themistokles verstand die Worte kaum. Obwohl Peers Gesicht vor Anstrengung verzerrt war und er so laut zu schreien schien, wie er nur konnte, hörte Themistokles kaum mehr als ein Wispern, das gedämpft und verzerrt aus dem dicken Glas hervordrang. Und selbst wenn er ihn besser verstanden hätte, wäre es ihm vermutlich schwergefallen, sich auf seine Worte zu konzentrieren. Peer Andermatt! Dieser Name war so etwas wie eine Legende auf Schloss Drachenthal. Themistokles hatte ihn gekannt, aber das war lange her, um die einhundert Jahre. Der junge Prinz der Steppenreiter war nicht nur einer seiner hoffnungsvollsten Schüler gewesen, er hatte auch das tragischste Schicksal erlitten, dessen Zeuge Themistokles jemals geworden war. Auf der Suche nach einem Mädchen aus der Welt der Menschen, in das er hoffnungslos verliebt war, hatte er alle Warnungen und Ermahnungen in den Wind geschlagen und sich auf die gefährliche Reise in jene andere Welt gemacht, in der dieses Mädchen lebte.

Er war niemals zurückgekommen, denn er hatte sich im grauen Zwischenreich hinter den Spiegeln verirrt, und seither suchte er ebenso verzweifelt wie vergebens nach einem Weg zurück. Nicht einmal Themistokles' Zauberkraft reichte aus, um die Tore in das verbotene Reich hinter den Spiegeln zu öffnen, und der einzige Schlüssel, den es dazu gab, ein magischer Spiegel von unglaublicher Zauberkraft, war zerbrochen und die Scherben an einem Ort verstreut, den kein Bewohner Märchenmonds jemals erreichen konnte. Seither irrte sein Geist ruhelos durch die Gemäuer der uralten Burg und nur manchmal hörte man seine Stimme nachts im Heulen des Windes wehklagen oder sah seinen Schatten in den Augenwinkeln aufblitzen, falls man an einem Spiegel vorüberging.

Jetzt sah Themistokles ihn ganz deutlich vor sich, auch wenn sein Gesicht vor Angst verzerrt war.

»Peer Andermatt?«, fragte er noch einmal. »Bist du das?«

». . . Gefahr . . .«, verstand Themistokles. »Ihr . . . Spiegel . . .«

»Ich verstehe dich nicht«, sagte Themistokles. Er trat hastig ganz an den Tisch heran und beugte sich so weit vor, dass sein Gesicht fast das zersprungene Glas der Zauberkugel berührte. Seltsam – er war sicher gewesen, alle Schäden behoben zu haben. Jetzt konnte er die unzähligen Sprünge und Risse, die das Glas durchzogen, wieder deutlich sehen.

»Was willst du mir sagen?«
»Schreckliche Gefahr . . .«, schrie Peer Andermatt flüsternd. »Ihr müsst . . . Zelt . . . Spiegel . . .«
»Ich weiß, dass du hinter den Spiegeln gefangen bist«, antwortete Themistokles. »Aber wie kann ich dir helfen?«
Das schattenhafte Gesicht presste sich von innen gegen das Glas und der Ausdruck purer Verzweiflung darauf wurde so stark, dass Themistokles schier das Herz brach. Er konnte sehen, wie sich Peer Andermatt mit aller Macht gegen die unsichtbaren Wände seines Gefängnisses stemmte, aber seine Kraft reichte nicht, um sie zu zerbrechen. Ganz im Gegenteil. Das Flirren und Wabern im Inneren der Kugel nahm zu und seine Umrisse begannen sich allmählich wieder aufzulösen. ». . . Scherbe . . . Feuer . . .«, verstand Themistokles noch, dann wurde das Tanzen der Nebelschleier plötzlich noch wilder und nur einen Moment später war das Gesicht des jungen Prinzen der Steppenreiter endgültig verschwunden.
Dann geschah etwas durch und durch Unheimliches. Der Tanz aus Schatten und Dunkelheit im Inneren der Zauberkugel erlosch, aber das Glas klärte sich trotzdem nicht. Stattdessen überzog mit einem Mal ein Netz aus Tausenden und Abertausenden haarfeiner Linien das Glas, die unter einem unheimlichen inneren Feuer zu glühen schienen. Und was für alle

anderen einfach nur ein sinnloses Muster gewesen wäre, das ergab für Themistokles einen erschreckenden Sinn. Es waren genau die Sprünge und Risse, die er erst vor kurzer Zeit mit großer Mühe beseitigt hatte. Er sah nun wieder jede einzelne Scherbe, in die die Zauberkugel zersprungen war, und das war noch nicht alles.

Da war ein einzelnes, daumennagelgroßes Stück, das in einem unheimlichen düster-roten Licht glühte. Und wie durch ein Fenster sah Themistokles durch diese Lücke hindurch in eine fremde, bedrohliche Welt: eine schier endlose, von brodelnden Vulkanen und Lavabächen durchzogene Ebene, über der Drachen und andere, noch schrecklichere Ungeheuer kreisten.

Und das war noch nicht einmal das Schlimmste, was Themistokles in der Zauberkugel sah . . .

»Ihr Götter!«, flüsterte der greise Zauberer und eine Sekunde lang stand er noch wie gelähmt da, dann fuhr er auf dem Absatz herum und rannte aus der Zauberstube, so schnell er nur konnte.

Zwischen den Spiegeln

Von vorne betrachtet bot das Zelt einen kaum weniger schäbigen Anblick – sah man einmal davon ab, dass es eigentlich gar kein richtiges Zelt mehr war. Als Rebekka um die Ecke bog, fand sie sich unversehens vor einer Reihe von gut zwei Meter hohen Glasscheiben wieder, die sich über die gesamte Frontseite des Zeltes dahinzog. Die Scheiben waren hoffnungslos verkratzt. In dem kleinen Kassenhäuschen döste eine grauhaarige Frau vor sich hin, die nicht so aussah, als hätte sie heute schon eine einzige Eintrittskarte verkauft.

Rebekka nahm von alledem kaum etwas wahr. In ihr war noch immer diese lautlose Stimme, die ihr zuflüsterte einzutreten; nur dass sie sich mittlerweile zu einem ausgewachsenen *Befehl* gemausert hatte. Sie *musste* einfach in dieses Zelt!

Die Frau hinter der Glasscheibe des Kassenhäuschens erwachte mit einem verdutzten Blinzeln aus ihrem Dösen und streckte instinktiv die Hand aus, und irgendwo weit hinter sich glaubte Rebekka jemanden ihren Namen rufen zu hören, aber sie flitzte nur geduckt an dem Kassenhäuschen vorbei und in den Eingang zum Spiegelkabinett. Weil sie zu schnell

war, um der jähen Biegung des Ganges zu folgen, prallte sie prompt gegen eine der staubigen Glasscheiben. Es klirrte und schepperte, als würde gleich alles zusammenbrechen.
Kaum aber hatte sie ihr Gleichgewicht mit wild rudernden Armen wiedergefunden, da geschah etwas sehr Sonderbares: Die Glasscheiben bildeten ein regelrechtes Labyrinth aus Gängen und Kreuzungen, die zum Teil ins Nichts oder im Kreis herumführten, manchmal auch vor blank polierten Glaswänden endeten – schließlich war es ja letzten Endes auch der *Sinn* einer solchen Kirmesattraktion, den Besuchern den Weg in ihr Zentrum möglichst schwer zu machen. Rebekka aber rannte mit geradezu traumwandlerischer Sicherheit zwischen den Glaswänden entlang, ohne sie auch nur ein einziges Mal zu berühren. Nach kaum einer Minute erreichte sie, zwar vollkommen außer Atem, aber ohne einen einzigen Kratzer, die Mitte des Glaslabyrinths und blieb stehen.
Sie befand sich in einem kleinen achteckigen Raum, dessen Boden mit Sägespänen bestreut war. Ein halbes Dutzend mannshoher Spiegel war an den Wänden entlang aufgestellt.
Irgendwo hinter ihr schepperte es. Rebekka wandte nur flüchtig den Kopf und sah einen Schatten, den sie durch all die Schichten aus blind gewordenem Glas aber nicht genau erkennen konnte – wahrscheinlich

die grauhaarige Frau aus dem Kassenhäuschen, die Schwierigkeiten mit ihrem eigenen Labyrinth hatte. Rebekka war es nur recht. Sobald die Kassiererin hier auftauchte, bekam sie garantiert mächtigen Ärger – und vor allem würde sie eine Frage beantworten müssen, die sie beim besten Willen nicht beantworten *konnte*. Was um alles in der Welt *suchte* sie eigentlich hier?

Mit klopfendem Herzen sah sie sich um. Der Raum war vollkommen leer, wenn man von den großen Spiegeln absah; und die zeigten im Grunde nichts Besonderes.

Jedenfalls nicht an einem Ort wie diesem.

Es waren ausnahmslos Zerrspiegel. Rebekka stand sich selbst gleich sechsfach gegenüber, nur dass diese gespiegelten Rebekkas geradezu lächerlich verformt und verbogen waren. Mal sah sie so dünn aus wie ein Strich, ein anderes Mal kugelrund wie ein aufgeblasener Luftballon, dann wieder regelrecht zwei- oder auch dreigeteilt oder auf andere, noch viel groteskere Arten verzerrt und verdreht.

Rebekka sah nur flüchtig hin. Sie hatte so etwas nie gemocht und diese komischen Spiegel waren auch ganz bestimmt nicht der Grund, aus dem sie hier war.

Aber warum dann?

Wieder schepperte es hinter ihr. Rebekka drehte sich nicht einmal um, doch sie erkannte in einer verzerr-

ten Spiegelung in einer der Glasscheiben, dass ihre Verfolgerin näher gekommen war. Ihr blieben nur noch wenige Augenblicke. Aber wozu nur?
Langsam begann sich etwas wie Verzweiflung in ihr breitzumachen. Ihr Blick irrte immer unsicherer über die Glasscheiben und Spiegel – und dann stieß sie mit einem keuchenden Laut die Luft aus und ihre Augen weiteten sich ungläubig.
Sie hatte sich geirrt. Ihre Spiegelbilder waren gar nicht ihre Spiegelbilder. Jedenfalls benahmen sie sich nicht so, wie sich ein wohlerzogenes Spiegelbild benehmen sollte . . .
Statt getreulich jede von Rebekkas Bewegungen nachzuvollziehen, wie es sich für ein anständiges Spiegelbild gehörte, entwickelten sie plötzlich ein gespenstisches Eigenleben. Da war eine kleine, doppelt so breite wie hohe und stummelbeinige und -armige Rebekka, die wie ein Gummiball auf und ab hüpfte, und ein anderes, spindeldürres Konterfei ihres Selbst, das die Arme vor der Brust verschränkt hatte und lässig am Rand des Spiegels lehnte. Eine auf nahezu unbeschreibliche Art verzerrte Rebekka presste ihr breites Pfannkuchengesicht von innen gegen den Spiegel und eine andere, deren Kopf und Schultern und Oberkörper ganz normal aussahen, die aber dafür einen dicken Hintern wie ein Brauereipferd und plumpe Elefantenbeine hatte, hämmerte gar von der anderen Sei-

te mit den Fäusten gegen das Glas, als wollte sie mit aller Macht ihr Gefängnis zum Bersten bringen.

Aber das war noch nicht alles.

Noch während Rebekka versuchte, das unglaubliche Bild irgendwie zu verarbeiten, beschlich sie ein noch viel unheimlicheres Gefühl. Irgendetwas mit diesen Spiegeln ... *stimmte nicht.* Und es waren nicht nur die Spiegelbilder, die sich auf so beängstigende Weise selbstständig gemacht hatten. Da war noch etwas anderes – aber bevor Rebekka erkennen konnte, was, fing sie eine Bewegung aus den Augenwinkeln auf und drehte sich in die entsprechende Richtung um, und was sie nun erblickte, das war erst recht unmöglich.

Eines der Spiegelbilder sah ganz normal aus und war weder verzerrt noch verbogen. Und doch war es das unheimlichste von allen, denn diese Rebekka stand einfach nur da, starrte sie an ... *und dann hob sie die Hand und winkte ihr zu, als wolle sie sie auffordern, zu ihr zu kommen!*

Rebekka fühlte, wie ihr von einer Sekunde auf die andere die Haare zu Berge standen und ihr alles Blut aus dem Gesicht wich. Ihr Gegenüber wurde weder blass noch sträubten sich ihm die Haare, aber auf dem Gesicht der anderen Rebekka erschien ein spiegelverkehrtes Lächeln und ihre Hand wiederholte das auffordernde Winken. *Komm zu mir.*

Rebekka konnte spüren, wie sich ihre Beine ganz von selbst in Bewegung setzten und sie auf den Spiegel zuzugehen begann. Sie wollte das nicht. Irgendetwas in ihr wusste, dass etwas Schreckliches geschehen würde, wenn sie ihrem unheimlichen Spiegelbild zu nahe kam – oder es gar *berührte!* –, aber sie konnte einfach nicht stehen bleiben. Dieselbe unheimliche Kraft, die sie hierhergerufen hatte, zwang sie nun weiterzugehen und sogar die Hand zu heben und nach der ihres Gegenübers auszustrecken.
Die Schritte, die sie gehört hatte, wurden lauter. Irgendetwas schepperte und dann rief jemand ihren Namen, aber sie war einfach nicht in der Lage, darauf zu reagieren oder auch nur ihren Blick von den hypnotischen Augen ihres zu gespenstischem Leben erwachten Spiegelbilds zu lösen. Und nun, als es zu spät war, erkannte sie auch, was sie vorhin nur gefühlt hatte: Es waren nicht nur die Spiegel-Rebekkas, mit denen etwas nicht stimmte. Auch sonst zeigten die Spiegel nicht, was sie sollten.
Statt in den achteckigen Raum mit seinen Glaswänden und davor aufgestellten Zerrspiegeln blickte Rebekka auf eine Landschaft, die geradewegs einem Albtraum entsprungen zu sein schien: Unter einem düsteren, von brodelnden Gewitterwolken und unablässig zuckenden Blitzen beherrschten Himmel erstreckte sich eine schier endlose Ebene aus erstarrter

Lava und schwarzem Granit, die von einem Muster aus glühenden, mit flüssiger Lava gefüllten Gräben durchzogen wurde. Gewaltige Vulkane schleuderten rot glühendes Gestein in den Himmel und unter den Wolken glaubte Rebekka riesige, geflügelte Kreaturen schweben zu sehen, die aus tückischen Augen nach allem Ausschau hielten, was sie mit ihrem feurigen Atem verbrennen konnten.

Es war dieselbe Albtraumlandschaft, durch die Tanja und sie vorhin mit der Geisterbahn gefahren waren!

Der Anblick war so Furcht einflößend, dass Rebekka mitten in der Bewegung stehen blieb und erschrocken die Luft einsog. Ihr Herz begann zu klopfen. Hinter ihr kamen die Schritte näher und jemand rief laut ihren Namen, aber sie war noch immer nicht fähig, darauf zu reagieren, denn auch im Gesicht ihres Spiegelbilds änderte sich etwas: Die Spiegel-Rebekka runzelte die Stirn, zog ärgerlich die Brauen zusammen und sah dann eindeutig *wütend* aus.

Komm zu mir!

Diesmal konnte Rebekka ihrem Befehl überhaupt keinen Widerstand mehr entgegensetzen, sosehr sie es auch versuchte. Nicht mehr ohne, sondern eindeutig gegen ihren eigenen Willen ging sie weiter und hob auch wieder die Hand. Ihre Finger waren jetzt nur noch Zentimeter von denen ihres Spiegelbilds entfernt und es kam ihr so vor, als ob das Glas Wellen schlüge, als wäre es gar kein Spiegel, sondern eine aufrecht stehende Fläche aus Quecksilber. Eine unheimliche Kälte ging von dem Spiegel aus und plötzlich schien etwas Düsteres, durch und durch *Böses* in den Augen ihres gespiegelten Gegenübers zu erscheinen. Sie blickte nicht mehr in ihr eigenes Gesicht, sondern in etwas, was nur *aussah* wie ihr Gesicht, aber viel böser, heimtückischer und niederträchtiger war. Bei dem bloßen *Gedanken,* diese schreckliche Karikatur ihres Selbst zu berühren, schrie sie in blanker Panik auf. Und trotzdem ging sie weiter. Sie *konnte* einfach nicht stehen bleiben.

»Rebekka! Nicht!«

Die Stimme erscholl unmittelbar hinter ihr und die Panik darin war mindestens ebenso groß wie ihre eigene. Schritte näherten sich und in den boshaften Ausdruck auf dem Gesicht ihres Spiegelbilds mischte sich Verwirrung und dann Schrecken. Die Hand der Spiegel-Rebekka hob sich weiter und fast kam es Rebekka vor, als griffe sie tatsächlich *aus dem Spiegel heraus.*

Auch Rebekkas Hand bewegte sich unerbittlich weiter. Noch wenige Millimeter und ...

Fräulein Bienenstich sprang sie mit einem Satz an, den sie allerhöchstens von einem Jackie Chan oder von Xena erwartet hätte, ganz bestimmt nicht von ihrer altehrwürdigen Schulleiterin, und riss sie im buchstäblich allerletzten Moment zurück.

Der Aufprall war so gewaltig, dass sie beide das Gleichgewicht verloren und aneinandergeklammert zu Boden stürzten. Rebekkas ebenso wild wie vergebens rudernde Arme trafen den Spiegel und brachten ihn ebenfalls aus dem Gleichgewicht, und noch während Biene und sie auf den mit Sägespänen bestreuten Boden fielen, kippte er ganz langsam zur Seite, wackelte noch ein bisschen – und stürzte dann gegen den Nachbarspiegel.

Der fiel ebenfalls um.

Der nächste auch.

Und der daneben ebenfalls.

Wie eine Reihe Dominosteine kippten die Spiegel einer nach dem anderen um und zerbarsten mit einem gewaltigen Klirren. Es regnete buchstäblich Scherben.

Rebekka arbeitete sich umständlich unter Bienes erstaunlichem Gewicht hervor, stemmte sich auf Händen und Knien hoch und fuhr sich mit den gespreizten Fingern der Rechten durch das Haar. Winzige Glassplitter und Spiegelscherben regneten zu Boden. Die Spiegel waren nicht einfach nur zerbrochen, sondern regelrecht explodiert. Überall glitzerte und schimmerte es und es kam Rebekka fast wie ein kleines Wunder vor, dass sie unverletzt davongekommen war.

»Ist alles in Ordnung mit Ihnen, Bie. . .«, begann Re-

bekka, verbesserte sich aber gerade noch im letzten Moment, »Fräulein Bienenstich?«
Sie bekam keine Antwort. Von einem sehr unguten Gefühl erfüllt drehte sie sich in der Hocke zu ihrer Lehrerin um.
Biene war ihr die Antwort nicht schuldig geblieben, weil sie einfach zu wütend war; oder gar verletzt. Rebekka war sicher, dass sie ihre Frage nicht einmal gehört hatte. Felicitas Bienenstich saß stocksteif aufgerichtet da und starrte kreidebleich und aus hervorquellenden Augen auf den einzigen Spiegel, der stehen geblieben und nicht zerbrochen war, und als Rebekka in dieselbe Richtung blickte, da glaubte sie, dass ihr das Herz stehen bleiben müsse . . .

Das Zelt der gefangenen Seelen

Feuer! Sturm! Wo seid ihr?« Wer Meister Themistokles, den gutmütigen, weisen Magier, nur vom Sehen kannte oder ihn noch niemals wirklich schlecht gelaunt erlebt hatte, der hätte diesem kleinwüchsigen alten Mann niemals zugetraut, so laut zu brüllen, dass im wahrsten Sinne des Wortes die Wände wackelten.

Aber er konnte es und im Moment tat er es auch. Seine Stimme – noch dazu magisch verstärkt! – dröhnte von einem Ende der Zauberuniversität bis zum anderen, ließ die Scheiben klirren und sorgte dafür, dass sich jeder seiner Schüler, der auch nur irgendwie dazu in der Lage war, ein gutes Versteck suchte oder sonst irgendwie verkrümelte. Selbst Scätterling, die Themistokles von allen Schülern hier am besten kannte, zog es im Moment vor, ihn in deutlich größerem Abstand zu umschwirren als sonst, und Kjuub, der Zwerg, ließ sich vorsichtshalber erst gar nicht blicken. Von den beiden jungen Drachen, nach denen sich Themistokles seit einer guten halben Stunde die Seele aus dem Leib schrie, war selbstredend überhaupt nichts zu sehen.

Themistokles hatte die gesamte Universität – zweimal! – vom Keller bis zum obersten Dachboden durchsucht und auch Zauberkraft angewendet, um sie zu finden. Jetzt stürmte er mit wehendem Mantel und Haar, gesenkten Schultern und zornesrotem Gesicht aus dem weit offen stehenden Tor der Burg und die schmale Gasse zwischen den Zelten und Bretterbuden des Gauklerlagers entlang. Es waren erst wenige Stunden vergangen, seit er das letzte Mal hier gewesen war, doch in dieser kurzen Zeit hatte das fahrende Volk sein Lager nicht nur komplett aufgeschlagen, sondern auch alles mit bunten Fähnchen und flatternden Wimpeln und Tüchern geschmückt und die verschiedenen Bühnen prachtvoll für die bereits vollmundig angekündigte Abendvorstellung herausgeputzt.

Doch all das nahm Themistokles kaum zur Kenntnis; ebenso wenig wie die zum Teil erschrockenen oder verwirrten, zum Teil aber auch ärgerlichen Blicke, die ihm folgten wie die schäumende Kielspur eines kleinen, viel zu schnell fahrenden Bootes. Er schrie immer noch abwechselnd Feuers und Sturms Namen und jedes Mal, wenn er wieder erfolglos auf eine Antwort gewartet hatte, verdüsterte sich sein Gesicht noch weiter.

Schließlich erreichte er ein bestimmtes Zelt (genau das, welches an diesem Tag gleich zweimal aufgebaut worden war), schlug mit der flachen Hand auf die Plane vor dem Eingang und stürmte hindurch, ohne auf eine Antwort zu warten; eine Unhöflichkeit, die normalerweise für ihn undenkbar gewesen wäre. Aber an diesem Tag war nichts normal, und wenn sich Themistokles' Verdacht bestätigen sollte, dann hatten sie wahrlich andere Probleme als *Höflichkeit.*

Das Zelt war leer bis auf ein einfaches Bett, eine schlichte Truhe und einen Tisch samt einer Hand voll wild zusammengewürfelter Stühle. Ein höchst sonderbares Paar saß an diesem Tisch und blickte Themistokles ebenso verdutzt wie erschrocken entgegen, als er so rüde hereingestürmt kam: Zur Linken saß Meister Bernward, unter dessen Gewicht sich die dünnen Beine des schmalen Schemels sichtbar durchbogen, auf der anderen Seite des Tisches, auf einem weit massiveren und extrabreiten Stuhl, hockte ein junger Drache mit dunkelgrünen Schuppen, aus denen vor Schreck alle Farbe zu weichen schien.

»Das dachte ich mir doch«, sagte Themistokles, als er Sturm erblickte. »Wo ist dein missratener Freund?«

Der junge Drache antwortete nicht, aber er zog die Flügel enger um die Schultern zusammen, als wollte er sich darunter verkriechen. Meister Bernward jedoch stand mit einer überraschend geschmeidigen Bewegung auf und trat Themistokles entgegen.

»Verzeiht, Meister Themistokles«, sagte er kühl. »Ist es bei Euch üblich, einfach so in ein Gespräch zu platzen – noch dazu, ohne eingeladen zu sein?«

»Wenn es um wichtige Dinge geht, ja«, antwortete Themistokles schlecht gelaunt. Dann wandte er sich erneut und mit einem nun *eindeutig* drohenden Blick an Sturm. »Ich frage nicht noch einmal! Wo ist Feuer?«

»Er ... er ist ... also ich glaube ...« Sturm verhaspelte sich endgültig und Themistokles setzte gerade dazu an, ihn zu unterbrechen und seine Frage in noch schärferem Ton zu wiederholen, als ein winziges, bunt schillerndes Etwas durch den Eingang des Zeltes geflogen kam und in engen Kreisen um seinen Kopf flatterte.

»I... i... i... im«, stotterte Scätterling, »Spiegelzelt.«

Themistokles hob erschrocken den Kopf. »Im Spiegelzelt?«, wiederholte er. Er konnte selbst spüren, wie ihm die Knie weich wurden, und er sah aus den Augenwinkeln, dass auch Meister Bernward leicht zusammenfuhr. Sturm konnte nicht blasser werden, als er es ohnehin schon war, aber irgendwie erweckte er trotzdem den Eindruck, es zu werden.

»I... i... ich ha... ha... habe ihn do... do... dort gesehen«, sagte Scätterling. Da sie sich so sehr aufs Sprechen konzentrierte, war sie für einen Moment unaufmerksam und prallte im Fliegen gegen Themistokles' spitzen Zauberhut, der dem Magier daraufhin fast vom Kopf rutschte. Themistokles griff hastig zu, um ihn festzuhalten, wandte sich jedoch aus der gleichen Bewegung heraus wieder zu dem Gaukler um.

»Meister Bernward – ist das wahr?«, fragte er scharf. »Ich hatte meinen Schülern verboten, ohne meine ausdrückliche Genehmigung hierherzukommen.«

»Aber ich bitte Euch, Meister Themistokles!«, antwortete Bernward, zwar mit einem Lächeln, aber sichtlich nervös. Er begann, unruhig von einem Fuß auf den anderen zu treten. »Ihr dürft nicht zu streng mit Euren Zöglingen sein. Es sind doch noch Kinder!«

»Das ist ja gerade das Problem«, murmelte Themistokles. Dann fuhr er auf dem Absatz herum und stürmte aus dem Zelt. Scätterling, die die Bewegung eine Winzigkeit zu spät registrierte, wich nicht schnell genug aus und kollidierte zum zweiten Mal mit seinem Hut, der Themistokles nun tatsächlich vom Kopf rutschte, während die Elfe mit einem schrillen Piepsen und in kleiner werdenden Kreisen zu Boden flatterte. Themistokles ignorierte Scätterling, griff geistesabwesend nach seinem Hut und wandte sich mit weit ausgreifenden Schritten nach rechts und stürmte auf ein besonders großes, rundum mit Spiegeln verkleidetes Zelt am anderen Ende des Lagers zu. Sowohl Meister Bernward als auch

Sturm folgten ihm, waren aber klug genug, einen gewissen Abstand einzuhalten.

Das Spiegelzelt! Themistokles' Gedanken überschlugen sich vor Schrecken. Er hatte Schlimmes erwartet, aber nach allem, was er gerade oben in seiner Zauberstube erlebt hatte, war *das* das Allerschlimmste, was hätte geschehen können. Die letzten Schritte legte er geradezu rennend zurück.

In dem aus buntem Pappmaschee gefertigten Kassenhäuschen des Spiegelzelts saß ein missmutig dreinblickender Zwerg, der nicht so aussah, als hätte er heute schon einen einzigen Kunden eingelassen (oder hätte es auch nur vor). Als er Themistokles auf sich zueilen sah, zuckte er ängstlich zusammen. Themistokles, die heftig mit den Flügeln schlagende Elfe, die mittlerweile wieder in engen Kreisen um ihn herumschwirrte, und seine beiden so unterschiedlichen Verfolger ignorierten ihn jedoch und stürmten einfach an ihm vorbei.

Im Zelt selbst war es so dunkel, dass Themistokles im allerersten Moment gar nichts sah. Es gab keine Fenster oder anderen Öffnungen und auch das Licht, das durch den offen stehenden Eingang hereinfiel, schien irgendwie zu versickern, sodass Themistokles nach nur einem Schritt erschrocken innehielt und sich verwirrt umsah. Etwas machte deutlich hörbar *Klopp,* als die Elfe (diesmal von hinten) gegen den Hut prallte und benommen zu Boden sank, aber Themistokles achtete gar nicht darauf, sondern hob die Hand, schnippte mit den Fingern und murmelte einen Zauberspruch – und unmittelbar über seinem Kopf glomm eine faustgroße Kugel aus mildem gelbem Licht auf.

Jedenfalls hätte es mild sein sollen.

Stattdessen erstrahlte das gesamte Zelt plötzlich in einem so grellen Glanz, dass Themistokles hastig die Augen zusammenpresste und das Licht trotzdem mit fast schmerzhafter Kraft durch seine geschlossenen Lider drang. Schnell murmelte er einen weiteren Zauberspruch, woraufhin aus der schimmernden Lichtkugel eine winzige, kaum noch streichholzgroße Flamme wurde. Dennoch war das Zelt taghell erleuchtet, als er die Augen wieder öffnete und sich verblüfft umsah, denn es war im wahrsten Sinne des Wortes das, als was die Elfe es gerade bezeichnet hatte: ein Spiegelzelt.

Jeder Fingerbreit der Wände war mit Spiegeln unterschiedlicher Größe und Form verkleidet. Es gab riesige, mannshohe Spiegel, die leicht gewölbt waren, sodass sie das, was sie zeigten, nur verzerrt wiedergaben, kleine rechteckige, runde, quadratische, ovale, drei-, vier-, fünf- und sechseckige Spiegel und unzählige andere. Und jeder einzelne reflektierte das Licht der magischen Flamme, sodass Themistokles so heftig blinzeln musste wie an einem ganz besonders hellen Sommertag im Gebirge.

Genau in der Mitte des Zeltes saß ein junger Feuerdrache (wobei auch ein junger Drache deutlich größer ist als ein ausgewachsener Ochse), der Themistokles mit einer Mischung aus Überraschung und Trotz anblickte, und als wäre das allein noch nicht genug, warfen Hunderte von Spiegeln das Bild Hunderter von Drachen zurück, sodass man im allerersten Moment den Eindruck haben konnte, von einer ganzen Armee feuerroter und schuppiger Drachen angestarrt zu werden. Themistokles verspürte unter diesen Blicken ein heftiges Unwohlsein.

»Meister Themistokles?«, murmelte Feuer verdutzt.

»Vielleicht sollte ich froh sein, dass du dich noch an meinen Namen erinnerst«, grollte Themistokles.

»Meister Themistokles?«, wiederholte Feuer, jetzt in vollkommen verwirrtem Ton, der Themistokles' Ärger aber nur noch schürte.

»Was hast du nur getan?«, murmelte er. »Weißt du überhaupt, was du angerichtet hast?«

»Meister Themistokles?«, fragte Feuer zum dritten Mal.

Themistokles setzte zu einer zornigen Antwort an, besann sich aber dann eines Besseren und sah sich nur wortlos und schaudernd um. Die zahllosen kleinen roten Drachengesichter blickten ihn immer noch aus funkelnden Augen an. Themistokles begann, sich zunehmend unbehaglich zu fühlen. Statt etwas zu sagen, fuhr er abrupt auf dem Absatz herum und verließ das Zelt genauso schnell, wie er es betreten hatte. Meister Bernward, Sturm und Feuer folgten ihm und auch Scätterling hatte es plötzlich sehr eilig, ins Freie zu gelangen; vielleicht ein bisschen zu eilig, denn im allerletzten Moment machte sie einen hastigen Schlenker zur Seite, um nicht mit Themistokles' Hut zu kollidieren – was ihr auch gelang –, dafür übersah sie jedoch den Gaukler und landete mit einem hörbaren Klatschen direkt auf seiner Glatze, um von dort aus zu Boden zu trudeln.

Themistokles blieb einige Schritte vom Eingang des Spiegelzelts entfernt stehen und maß den jungen Feuerdrachen mit finsteren Blicken, bevor er in eine der vielen Taschen seines langen schwarzen Gewands griff und etwas hervorholte, das er jedoch im ersten Moment noch sorgsam in der geschlossenen Hand verbarg. »Du weißt, dass ich seit einiger Zeit Ärger mit meiner Zauberkugel habe?«, begann er.

»Seit sie Euch zerbrochen ist«, bestätigte Feuer – was vielleicht nicht besonders klug war, denn Themistokles' Stirn umwölkte sich noch weiter. Feuer war nicht so ganz unschuldig an dem Malheur gewesen.

»Ich habe die Teile wieder zusammengesetzt«, sagte Themistokles mühsam beherrscht. »Und denk dir nur, was ich anstelle des letzten Glasstücks gefunden habe.« Er streckte die Hand aus und Feuers Augen weiteten sich erschrocken, als er die winzige rote Schuppe sah, die auf Themistokles' Handfläche lag.

»Ups«, meinte er.

»So hätte ich es nicht ausgedrückt«, sagte Themistokles böse. »Das ist doch eine von deinen Schuppen, oder? Und wie kommt sie in meine Zauberkugel?«

»Ich habe keine Ahnung, Meister Themistokles«, versicherte Feuer hastig. »Sie kann höchstens . . . Ich meine . . . Vielleicht . . . Vielleicht habt Ihr sie ja versehentlich mit eingebaut, als Ihr die Teile zusammengesetzt habt? Ich muss sie in Eurer Stube verloren haben.«

Themistokles wollte auffahren, besann sich dann aber anders und murmelte stattdessen einen kaum hörbaren Zauberspruch. Feuer richtete sich kerzengerade auf, als hätte er einen elektrischen Schlag bekommen, und seine Augen weiteten sich.

»Noch einmal«, sagte Themistokles. »Wie kommt diese Schuppe in meine Zauberkugel?«

Feuer keuchte. Er wollte etwas sagen, brachte aber dann nur ein hilfloses Ächzen zustande – was ganz zweifellos an dem Wahrhaftigkeitszauber lag, den Themistokles gerade ausgesprochen hatte. Absolut niemand, der sich in diesem Moment in seiner Nähe aufhielt, hätte jetzt noch vermocht, die Unwahrheit zu sagen. Umso erstaunter war Themistokles, als Feuer nach einigen Augenblicken antwortete: »Ich weiß es nicht, Meister Themistokles. Ihr müsst sie selbst versehentlich eingesetzt haben.«

Jetzt war es an Themistokles, den jungen Drachen verdattert anzublicken. Feuer hatte ganz zweifellos die Wahrheit gesagt – und das wiederum bedeutete, dass *er* ganz allein die Schuld an allem trug. »Du ... hast nichts damit zu tun?«, vergewisserte er sich unsicher.

Und Feuer schüttelte so heftig den Kopf, dass sich ein paar seiner Schuppen lösten und davonflogen. Sie klirrten mit einem Geräusch wie kleine Glasscherben zu Boden. »Mein Ehrenwort, ich habe nichts damit zu tun«, wiederholte er.

»Da... da... damit vi... vi... vielleicht ni... ni... nicht«, stotterte Scätterling.

Themistokles ignorierte sie. Jetzt verstand er gar nichts mehr. »Aber wie ist es denn dann nur möglich ...«, murmelte er fast hilflos und Scätterling fuhr fort: »Aber m... m... mit dem Z... Z... Zelt.«

Feuers Kopf wogte mit einer so heftigen Bewegung herum, dass sich weitere Schuppen aus seinen Flanken lösten und zu Boden fielen, und in seinen Augen loderte die blanke Wut. Doch auch Themistokles hob den Blick und sah die winzige, wie betrunken hin und her torkelnde Elfe mit nachdenklich gerunzelter Stirn an. Und noch etwas: Er bemerkte es nur aus den Augenwinkeln, aber ihm entging keineswegs, dass Meister Bernward plötzlich noch blasser wurde und sich weit, weit weg zu wünschen schien.

Nachdenklich drehte er sich um und sah wieder zum Zelt zurück. »Nein«, murmelte er. »Das kann er nicht getan haben.«

»Was?«, fragte der Gaukler unsicher.

Themistokles ignorierte auch ihn. Mit nun langsameren, fast zögernden Schritten ging er wieder zum Zelt zurück und trat ein. Über seinem Kopf erschien erneut eine winzige gelbe Flamme, die von Hunderten von Spiegeln reflektiert und verstärkt wurde, sodass er nun seinem eigenen, zigfach zurückgeworfenen Abbild gegenüberstand, das sich mit ratlosem (und sehr beunruhigtem) Gesicht umsah. Schließlich steuerte er den nächstbesten Spiegel an, ein gut mannshohes Gebilde in einem kostbaren, goldverzierten Rahmen gleich neben der Tür. Themistokles' Blick begegnete für einen winzigen Moment dem seines Konterfeis, dann konzentrierte er sich ganz auf den Spiegel und es vergingen nur wenige Augenblicke, bis er gefunden hatte, wonach er suchte.

Die zahllosen besorgten Zauberergesichter, die ihn aus den Spiegeln heraus betrachteten, wurden allesamt und im gleichen Augenblick leichenblass, während sich Themistokles langsam in die Hocke sinken ließ und eine zitternde Hand nach dem blank polierten Spiegel ausstreckte.

Biene – mal ganz anders

Aber wenn ich es euch doch sage! Ich bin ganz sicher! Es *war* Peer Andermatt!«

Weder Tom noch Tanja, die nach einem schnell hinuntergeschlungenen Frühstück an diesem frühen Samstagmorgen in Rebekkas Zimmer saßen und sich seit einer guten halben Stunde immer und immer wieder die gleichen drei Sätze von ihr anhörten, erwiderten etwas darauf. Das mussten sie auch nicht. Rebekka hätte schon blind sein müssen, um den zweifelnden Ausdruck auf den Gesichtern der beiden nicht zu bemerken. Aber das änderte nichts. Sie schüttelte nur den Kopf und wiederholte: »Ich bin ganz sicher!«

»Also ...«, begann Tanja zögernd und auch erst nachdem sie einen weiteren, vielsagenden Blick mit Tom getauscht hatte. »Selbst wenn es so gewesen wäre ...«

»Was heißt hier *selbst?«*, unterbrach sie Rebekka. »Und *wäre?«* Sie funkelte ihre Freundin an. »Es *war* so!«

Tanja war klug genug, nicht direkt zu widersprechen. Sie sah ein bisschen unglücklich aus, nickte aber. »Also gut. Es war so. Doch warum hat Biene nichts gesagt?«

Genau das war auch die Frage, die sich Rebekka seit gestern Nachmittag immer und immer wieder gestellt hatte, ohne eine Antwort darauf zu finden. Nachdem es Biene gelungen war, die erboste Besitzerin des heruntergekommenen Spiegelkabinetts einigermaßen zu beruhigen, hatte sie Rebekka und die anderen Mädchen der kleinen Gruppe eiligst in den Kleinbus verfrachtet, mit dem Anton gekommen war, um sie abzuholen, und seither kein Wort mehr mit ihr gesprochen.

Das hieß: So ganz stimmte das nicht. Kaum waren sie zurück im Internat gewesen, da hatte sie Anton die Anweisung erteilt, einen möglichst großen Zettel ans Schwarze Brett zu hängen, auf dem stand, dass der Besuch der Kirmes jedem Schüler des Internats per sofortiger Wirkung strengstens verboten war. Rebekka war viel zu aufgeregt gewesen, um mehr als einen flüchtigen Gedanken daran zu verschwenden – aber es war nicht sehr schwer zu erraten, wie die restlichen Schüler darauf reagieren würden.

Und wem sie wahrscheinlich die Schuld gaben.

»Du musst dich getäuscht haben«, sagte Tom sanft. Rebekka wollte auffahren, doch er hob rasch die Hand und fuhr – zwar mit einem entschuldigenden Lächeln, dennoch aber sehr ruhig – fort: »Ich sage ja nicht, dass ich dir nicht glaube. Ich bin sogar sicher, dass *du* Peer Andermatt wirklich gesehen hast.«

»Nur alle anderen nicht, ich verstehe«, grollte Rebekka. »Ist das deine Art, mir möglichst schonend beizubringen, dass ich einen Sprung in der Schüssel habe?«

»Ganz bestimmt nicht«, sagte Tom hastig. Abgesehen von Tanja war Tom der Einzige hier, den Rebekka mit Fug und Recht als ihren Freund betrachtete, und er gehörte auch zu den wenigen, die das uralte Geheimnis von Peer Andermatt kannten und um die geheimnisvolle Verbindung dieser Schule zu der Welt auf der anderen Seite der Träume wussten. Samantha und ihre beiden Anhängsel waren natürlich auch eingeweiht; aber sie konnte sie nun *wirklich* nicht als ihre Freundinnen bezeichnen.

»Ich weiß ja selbst, wie das klingt«, sagte sie. »Doch ich bin ganz sicher. Ich habe Biene noch niemals so erschrocken gesehen.«

»Biene und erschrocken?«, vergewisserte sich Tom. Er lachte leise. »Junge, ich hätte eine Menge darum gegeben, das sehen zu dürfen.«

Vielleicht, dachte Rebekka, hätte er das nicht gesagt, hätte er den Ausdruck vollkommenen Entsetzens auf Bienes Gesicht gesehen. Sie setzte gerade dazu an, eine entsprechende Bemerkung zu machen, als die Tür aufgestoßen wurde und Anton hereinstürmte.

»Ah«, sagte er. »Da habe ich euch ja gleich alle beisammen.«

Rebekka, Tom und Tanja tauschten einen raschen, besorgten Blick. Irgendwie, fand Rebekka, klang das gar nicht gut. Anton machte einen ziemlich übellaunigen Eindruck. Aber das musste nicht unbedingt etwas bedeuten; eigentlich wirkte Anton immer ein bisschen miesepeterig, ganz gleich bei welcher Gelegenheit.

»Fräulein Bienenstich möchte dich sprechen«, fuhr Anton fort, direkt an Rebekka gewandt und während er sich mit einem unverhohlen neugierigen Blick im Zimmer umsah.

»Fräulein Bienenstich? Mich?«, vergewisserte sich Rebekka. Das verhieß nichts Gutes.

»Es sei denn, hier heißt sonst noch jemand Rebekka«, antwortete Anton. »Und ihr beiden . . .«, er deutete nacheinander auf Tom und Tanja, ». . . könnt gleich mitgehen.«

»Aber . . . aber warum denn?«, murmelte Tanja.

Anton sah nicht so aus, als hätte er Lust, sich auf eine Diskussion einzulassen, sodass Rebekka ihren Freunden nur einen raschen, warnenden Blick zuwarf und es dann sehr eilig hatte, aus dem Zimmer in Richtung Treppe zu verschwinden. Das alte Faktotum folgte ihnen, bis sie den Flur erreicht hatten, an dessen Ende Bienes Büro lag.

Rebekka blieb mit einem überraschten Keuchen stehen, als sie sah, wer auf der Angeklagtenbank vor der

Tür zu Bienes Allerheiligstem saß. Es waren Samantha und ihre beiden Anhängsel!
»Setzt euch dorthin!«, befahl Anton übellaunig und mit einer Geste auf die zweite, leere Bank auf der anderen Seite der Tür. »Und rührt euch nicht von der Stelle, verstanden?«
Tom funkelte ihn trotzig an, aber Rebekka beeilte sich zu nicken. Anton zu widersprechen, hatte noch nie viel Sinn gehabt – und außerdem tat er nur das, was Biene ihm aufgetragen hatte. Ohne Samantha, die sie giftig anfunkelte, auch nur eines Blickes zu würdigen, nahm sie auf der unbequemen Holzbank Platz und fasste sich in Geduld – auch wenn es ihr schwerfiel. Wenn es in diesem Internat noch jemanden gab, der wusste, wie sie zu Samantha vom Thal stand, dann war es Felicitas Bienenstich. Wenn sie sie beide gemeinsam hierherbestellte, dann bedeutete das nichts Gutes.
Ihre Geduld wurde auf eine wirklich harte Probe gestellt. Anton warf noch einen letzten, eindeutig drohenden Blick in die Runde, dann schlurfte er wieder davon und blieb eine gute Viertelstunde verschwunden, in der rein gar nichts geschah. Samantha und ihre beiden Freundinnen blickten hartnäckig in die eine Richtung, Rebekka und ihre Freunde in die andere. Niemand sprach, aber man konnte die Spannung, die in der Luft lag, beinahe knistern hören.

Endlich kam Anton zurück. Er trug ein zusammengefaltetes Handtuch unter dem linken Arm, das Rebekka irgendwie bekannt vorkam, sagte jedoch kein Wort, sondern schlurfte kommentarlos an ihnen vorbei und öffnete Bienes Bürotür – ohne anzuklopfen; eine Ungeheuerlichkeit, die ihm normalerweise eine mindestens fünfminütige Standpauke eingebracht hätte. Erstaunlicherweise geschah aber gar nichts. Anton machte nur eine ruppige Kopfbewegung in Rebekkas und Samanthas Richtung, wedelte jedoch gleich darauf ärgerlich mit der Hand, als auch Tom, Tanja und Samanthas Freundinnen aufstehen wollten, um ihnen zu folgen. Rebekka fragte sich verwundert, warum Anton sie eigentlich alle hierherzitiert hatte, wenn die anderen dann nicht mit zu Biene sollten. Sie zog es aber vor, die Frage nicht laut zu stellen. Sie hatte das Gefühl, dass ihr die Antwort nicht gefallen würde.

Darüber hinaus rutschte ihr das Herz in die Hose, als sie dicht hinter Samantha durch die Tür trat und Bienes Blick begegnete. Die Direktorin des Internats Drachenthal saß so stocksteif hinter ihrem altmodischen Schreibtisch, als hätte sie den sprichwörtlichen Besenstiel verschluckt. Ganz anders als gewohnt hatte sie ihr Haar nicht zu einem strengen Knoten zurückgebunden, sondern trug es offen und bis weit über die Schultern fallend, was sie trotz der zahlreichen grauen Strähnen, die darin schimmerten, deutlich jünger aussehen ließ. Das Kleid, das sie trug, war erst vor höchstens zehn Jahren aus der Mode gekommen, statt vor ungefähr fünfzig wie ihre sonst übliche Kleidung. Rebekka tauschte einen überraschten Blick mit Samantha, bekam aber nur ein Achselzucken zur Antwort.

»Setzt euch«, sagte Biene. Gleichzeitig winkte sie Anton zu. Während sie auf den beiden nebeneinander aufgestellten, unbequemen Stühlen vor dem Schreibtisch Platz nahmen, legte er das mitgebrachte Handtuch auf den Tisch und trollte sich dann wortlos. Biene wartete, bis er die Tür hinter sich geschlossen hatte. Die Blicke, mit denen sie die Mädchen abwechselnd musterte, gefielen Rebekka gar nicht.

»Das war ja eine schöne Geschichte, das mit der Kirmes gestern«, begann Biene. Rebekka schluckte. Jetzt wurde es Ernst!

»Ich kann nichts dafür«, verteidigte sich Samantha in leicht pampigem Ton. »Ich war nicht mal in der Nähe des . . .«

Sie brach ab, als Biene einen Blick in ihre Richtung abschoss, der Stahl zum Schmelzen gebracht hätte.

»So geht das mit euch beiden nicht weiter«, seufzte Biene. »Du bist jetzt seit drei Monaten bei uns, nicht wahr, Rebekka?«

Rebekka nickte. Sie sagte vorsichtshalber nichts.

»Und in diesen drei Monaten ist kaum ein Tag verstrichen, an dem es nicht irgendeinen Streit zwischen euch gegeben hätte«, fuhr Biene fort.
»Ist das etwa meine Schuld?«, fragte Sam patzig. Ganz offensichtlich war sie wild entschlossen, sich ihr eigenes Grab zu schaufeln.
»Zum Teil bestimmt«, antwortete Biene ungerührt. »Aber ich glaube, zum allergrößten Teil liegt es wohl daran.« Und damit beugte sie sich vor und faltete das Handtuch auseinander, das Anton mitgebracht hatte.
Rebekka sog erschrocken die Luft ein. Plötzlich wusste sie, warum ihr dieses Handtuch so bekannt vorgekommen war. Es stammte aus ihrem Zimmer.
Genau wie die drei kleinen schwarzen Spiegelscherben, die darin eingewickelt waren . . .
Auch Samantha riss ungläubig die Augen auf. »Aber das ist doch . . .«
»*Ich* glaube«, unterbrach sie Biene betont, »wir drei hier sind die Einzigen, die wissen, was das ist. Und das sollte auch so bleiben, meint ihr nicht auch?«
Rebekka biss sich auf die Zunge, um nichts zu sagen. Wenigstens war ihr jetzt klar, warum Anton nicht nur sie, sondern auch Tanja und Tom hierhergebracht hatte; nämlich um in aller Ruhe die Scherben des magischen Spiegels aus ihrem Zimmer holen zu können.
Wie auf ein Stichwort hin ging die Tür auf und Anton

kam noch einmal herein, um ein zweites Handtuch auf den Tisch zu legen. Samantha keuchte und Rebekkas Augen wurden riesengroß, als Biene auch dieses Tuch auseinanderfaltete und zwei weitere schwarze Spiegelscherben zum Vorschein kamen. Ungläubig starrte sie Sam an. Sie wäre niemals darauf gekommen, dass auch Samantha Scherben des magischen Spiegels besaß!

»He!«, protestierte Samantha. »Die gehören mir! Was fällt dem Kerl ein, mein Zimmer zu durchwühlen?«

»Ich habe ihm das aufgetragen«, sagte Biene ruhig. Sie wickelte die Scherben wieder ein, drehte sich mit ihrem Bürostuhl um und zog die Tür des altmodischen Panzerschranks auf, der hinter ihr stand. Rebekka musste sich mit aller Kraft beherrschen, um nicht aufzuspringen und ihr das Handtuch aus den Händen zu reißen, als sie es nahm und im Safe deponierte.

Samantha war nicht ganz so leicht bereit aufzugeben. »Das dürfen Sie nicht!«, protestierte sie. »Das ist mein Eigentum!«

Biene schloss den Panzerschrank und verstellte mit einer fast bedächtigen Bewegung die Kombination, bevor sie sich wieder zu ihnen umdrehte. »Dann beschwer dich doch«, sagte sie gelassen.

»Das tue ich auch!«, wetterte Sam. »Ich rufe gleich meinen Vater an . . .«

». . . um was zu sagen?«, unterbrach sie Biene. Ein dünnes, fast spöttisch wirkendes Lächeln huschte über ihre Lippen und Rebekka lief ein eisiger Schauer über den Rücken. Normalerweise hätte Biene einen solchen Ton, wie Samantha ihn gerade angeschlagen hatte, niemals durchgehen lassen und schon gar nicht dabei gelächelt! Das war doch nicht mehr die Felicitas Bienenstich, die sie kannte!

»Wie?«, blinzelte Sam.

»Willst du dich bei ihm beschweren, weil ich zwei Glasscherben aus deinem Zimmer entfernt habe, damit du dich nicht daran verletzt?«, fragte Biene. Sie lächelte noch freundlicher, genoss einen Moment lang sichtlich den vollkommen verdatterten Ausdruck auf Samanthas Gesicht und deutete dann auffordernd auf das altmodische Wählscheiben-Telefon auf ihrem Schreibtisch. »Nur zu. Ruf ruhig an, wenn du dich unbedingt blamieren willst.«

»Aber . . .« Samantha wirkte für einen Augenblick so perplex, dass sie Rebekka fast leidtat. Doch nur fast.

»Natürlich weiß ich, wofür ihr diese Scherben haltet«, sagte Biene kopfschüttelnd. »Genauso, wie ich den Grund für euren albernen Streit kenne.«

»So?«, fragte Rebekka unbehaglich.

Biene nickte. »Das ist diese lächerliche Geschichte, nicht wahr? Diese dumme alte Legende um den Jungen, der angeblich hinter den Spiegeln gefangen ist und seit einem Jahrhundert darauf wartet, dass man ihn befreit.«

Samantha wurde noch blasser und Rebekka hörte sich selbst ächzen: »Was meinen Sie denn damit?«

»Aber mein Kind«, lächelte Biene. »So ziemlich jeder hier auf Schloss Drachenthal weiß doch, dass ihr die Geschichte von Peer Andermatt für mehr als nur ein Hirngespinst haltet. Das hier ist ein sehr altes Haus und da gehört es schon fast zum guten Ton, ein Schlossgespenst zu haben. Aber mehr solltet ihr daraus auch nicht machen. Ihr beiden – und eure Freunde – seid die Einzigen, die diesen Unsinn wirklich glauben.«

Unsinn? Rebekka tauschte einen weiteren, raschen Blick mit Samantha. Sie beide *glaubten* nicht an die Legende von Peer Andermatt, der sich auf dem Weg zwischen den Welten hinter den Spiegeln verirrt hatte, sie *wussten,* dass die Geschichte wahr war. Sie waren schon in der Welt hinter den Spiegeln gewesen und sie hatten Peer Andermatt gegenübergestanden. Und nicht nur sie . . .

Biene fuhr ungerührt fort. »Bisher habe ich diese kleine Marotte toleriert, aber damit ist jetzt Schluss.«

»Wie meinen Sie das?«, fragte Sam lauernd.

»Ich kann nicht weiter zusehen, wie ihr beide gegeneinander Krieg führt, weil ihr allen Ernstes glaubt, einen Jungen aus der Welt hinter den Spiegeln befreien

zu müssen, und das dazu noch in Konkurrenz miteinander«, antwortete Biene. »Damit ist es jetzt endgültig vorbei. Diese alberne Suche nach irgendwelchen magischen Spiegelscherben hört mir jetzt auf. Wenn ihr überschüssige Energien habt, dann schlage ich vor, dass ihr die Nasen ein wenig tiefer in eure Schulbücher steckt. Vor allem deine Leistungen haben in den letzten Monaten deutlich nachgelassen, Samantha.« Sie machte eine kleine, jedoch eindeutig befehlende Handbewegung, als Samantha abermals auffahren wollte, und schnitt ihr damit das Wort ab. »Genug!«, fuhr sie fort. »Ich habe nicht vor, weiter darüber zu diskutieren. Die Scherben bleiben in meinem Schrank. Und eure alberne Gespensterjagd hat ab sofort ein Ende.«
Samantha sah aus, als würde sie im nächsten Augenblick einfach explodieren, und Rebekka war ebenfalls zu schockiert, um auch nur einen klaren Gedanken zu fassen. Biene schien auf eine ganz bestimmte Reaktion zu warten, denn sie sah abwechselnd und auf sehr sonderbare Weise sie und Samantha an. Gedankenverloren hob sie die Hand und strich über die winzige, verschorfte Wunde, die von ihrer eigenen unsanften Begegnung mit einer Spiegelscherbe gestern auf der Kirmes kündete.
»Also gut«, sagte sie schließlich, als keines der Mädchen antwortete. »Ihr habt mich verstanden. Keine

Jagd nach irgendwelchen Spiegelscherben mehr, keine Geschichten von Peer Andermatt und kein Konkurrenzkampf.« Sie wedelte ungeduldig mit der Hand. »Ihr könnt gehen. Und wenn ihr Anton draußen seht, dann schickt ihn doch bitte zu mir herein.«

Ein Problem mit Schuppen

Themistokles hatte eine Stunde gebraucht, um sich zu beruhigen. Eine weitere, um seine Gedanken zu ordnen, und noch einmal zwei, um in seinen Zauberbüchern und Unterlagen nachzuschlagen und die nötigen Vorbereitungen zu treffen. Die Sonne begann sich bereits wieder dem Horizont zuzuneigen, als sich Themistokles, der Zwerg und die schielende Elfe abermals im Zelt des Gauklers trafen, um zu beraten, was nun geschehen sollte. Sturm und Feuer, die beiden jungen Drachen, waren bereits da – um genau zu sein, hatten sie sich den ganzen Tag über nicht von der Stelle gerührt; wofür Themistokles mit einem entsprechenden Zauberspruch gesorgt hatte.
Auch Meister Bernward war anwesend. Er hatte eine Menge von seiner zur Schau getragenen Sicherheit und Überheblichkeit eingebüßt und wirkte jetzt eher zerknirscht, als hätte er in Themistokles' Abwesenheit das eine oder andere herausgefunden, das ihm vorher nicht so ganz klar gewesen war – was ihn allerdings nicht daran hinderte, immer wieder einen giftigen Blick in Feuers Richtung abzuschießen, den der junge Feuerdrache in gewohnt patziger Art erwiderte.

»Ich verstehe immer noch nicht den Grund für die ganze Aufregung, Meister Themistokles«, begann Bernward, nachdem sie sich eine Weile unbehaglich angeschwiegen hatten. »Ich meine, es sind doch nur ein paar Spiegel!«

»Zauberspiegel«, grollte Kjuub. »Mächtige Zauberspiegel.«

»Also ...«, begann Bernward. Er druckste einen Moment herum. »Um genau zu sein ...«

»Ja?«, flötete Scätterling, die wie eine betrunkene Wespe über dem Tisch flatterte und schon zweimal gegen den Stützbalken des Zeltes geklatscht war.

»Nun ja, um ehrlich zu sein ... sind es gar keine ... äh ... richtigen ... öh ... Zauberspiegel.«

Themistokles sah ihn nur durchdringend an. »Was?«, fragte Kjuub und »W... w... wie?«, piepste die Elfe.

»Es sind ganz gewöhnliche Spiegel«, gestand Bernward kleinlaut.

»S... s... so s... s... sehen s... s... sie a... a... aber n... n... n... n...icht aus«, sagte Scätterling. »A... a... als i... i... ich h... h... hineingesehen habe, d... d... da sah i... i... i... i...ch s... s... so ko... ko... ko...misch aus, dass i... i... ich beinahe laut la... la... lachen m... m... musste.«

Alle starrten die Elfe an. Niemand sagte etwas.

»Auf die Idee bin ich schon vor vielen Jahren gekommen«, fuhr Bernward nach einer Weile fort. »Ich hatte einen Spiegel gekauft, aber als ich hineinsah, habe ich mich selbst nicht erkannt. Ich war ganz verzerrt.«

»Der Spiegel war nicht sauber gegossen«, vermutete Themistokles.

Bernward nickte. »Und da bin ich auf die Idee gekommen, ein ganzes Zelt mit solchen Spiegeln aufzustellen«, fuhr er fort. »Aber es war kein Erfolg. Die Menschen fanden es schon bald langweilig.« Er druckste wieder einen Moment herum. »Bis vor ein paar Jahren. Bis ... Feuer kam. Er hat einen der Spiegel berührt und plötzlich war alles anders. Mit einem Mal konnte man durch die Spiegel in fremde Welten und auf faszinierende Landschaften sehen ...«

»Und da seid Ihr auf die großartige Idee gekommen, in jeden Eurer Spiegel eine Drachenschuppe einzubauen«, warf Themistokles ein.

»Von da an kamen die Leute in Scharen«, bestätigte Bernward niedergeschlagen. »Das Spiegelzelt ist mittlerweile unsere größte Attraktion.«

»Das wundert mich nicht«, seufzte Themistokles. Seine Stirn umwölkte sich. »Wisst Ihr eigentlich, was Ihr da getan habt, Meister Bernward?«

»Nein«, antwortete der Gaukler.

»Und wie auch?«, seufzte Themistokles. Dann sah er die beiden jungen Drachen an und sein Gesicht verdüsterte sich noch weiter. »Aber ihr hättet es wissen müssen. Vor allem du, Feuer! Weißt du denn nicht, was alles hätte passieren können? Was noch passieren *kann?*«

Feuer machte ein trotziges Gesicht und schwieg.

»Aber ich verstehe nicht . . .«, murmelte Bernward. »Warum erregt Ihr Euch so, Meister Themistokles? Es sind nur Spiegel!«

»Wenn es nur so einfach wäre«, murmelte Themistokles. »Ein Drache, Meister Bernward, ist das wohl mächtigste magische Wesen, das es gibt. Schon eine einzige seiner Schuppen«, fügte er mit einem schrägen Seitenblick auf Feuer hinzu, »ist ein Werkzeug von gewaltiger magischer Kraft.«

»Ihr meint, alle meine Spiegel sind jetzt Zauberspiegel?« Bernward riss die Augen auf.

»Es kommt noch viel schlimmer«, sagte Themistokles betrübt. »Drachen sind im Grunde nicht böse . . .«

»Na ja«, grollte Kjuub. Feuer streckte ihm die Zunge heraus.

»Aber früher, als die Welt noch jung war, da waren sie es«, fuhr Themistokles in ernstem Ton fort. »Sie waren wild und gefährlich und überaus heimtückisch . . .«

»W. . . w. . . w. . .ieso w. . . w. . . waren?«, fragte Scätterling. Feuer schlug wie zufällig mit dem Schwanz nach ihr, verfehlte sie aber.

»Heute sind die meisten von ihnen ruhiger und weise

geworden«, schloss Themistokles. »Doch etwas von der alten Wildheit ist noch immer in ihnen. Selbst in jeder einzelnen Schuppe. Ihr hattet Glück, Bernward, dass bisher noch kein wirklich böser Mensch in einen dieser Spiegel geblickt hat.«
Bernward wurde ein bisschen blass und Feuer schien plötzlich etwas sehr Interessantes irgendwo an der Decke des Zeltes erblickt zu haben, denn er sah konzentriert dorthin, ließ seinen Blick dann kurz durch das Zelt schweifen, nur nicht in Themistokles' Richtung.
Der Magier stand auf und legte die gespreizten Finger der rechten Hand auf das uralte Zauberbuch, das er mitgebracht hatte. »Wir müssen sofort etwas unternehmen«, sagte er, »bevor am Ende doch noch ein Unglück geschieht.«
»Was ... meint Ihr damit?«, fragte Bernward nervös.
»Die Schuppen müssen entfernt werden«, antwortete Themistokles. »Was dachtet Ihr denn?«
Bernward wurde noch blasser. »Aber ... aber das Spiegelzelt ist unsere größte Attraktion!«, protestierte er. »Ihr ... Ihr ruiniert mich!«
»Seid froh, dass noch kein wirklich großes Unglück geschehen ist«, beharrte Themistokles. Er klemmte sich das Buch unter den Arm und verließ das Zelt. »Feuer! Du kommst mit!«
Der junge Drache trottete sofort mit hängendem

Kopf hinter ihm her, doch auch alle anderen schlossen sich ihm an, allen voran Bernward, der aufgeregt mit den Händen wedelte. »Aber Meister Themistokles!«, rief er unentwegt. »Ich beschwöre Euch! Wollt Ihr mich in den Ruin treiben?«

Themistokles marschierte ungerührt weiter, trat gebückt in das große Zelt und murmelte einen Zauberspruch, woraufhin ein winziger gelber Funke über ihnen zum Leben erwachte, der sich hundertfach in den verschiedenen Spiegeln brach, bis das ganze Zelt von mildem, weichem Licht erfüllt war.

»Feuer! Sturm!«, sagte Themistokles scharf.

Die beiden jungen Drachen schlurften gehorsam heran.

Feuer blickte den weißhaarigen Magier noch immer ein wenig aufmüpfig an, während Themistokles einen halben Schritt zur Seite trat und Sturms schuppigen Rücken kurzerhand als Tisch benutzte, um sein Zauberbuch darauf abzulegen. Mit fast ehrfürchtigen Bewegungen begann er, darin zu blättern. Das Buch war uralt und die Seiten knisterten wie trockenes Laub, als er sie umblätterte. Die Schrift darauf war nahezu verblichen und Themistokles blinzelte angestrengt, um die winzigen, wie gemalt aussehenden Buchstaben zu entziffern.

»Wie war das noch mal ...«, murmelte er, während er weiterblätterte und sich dabei mit der anderen Hand nachdenklich über den langen schlohweißen Bart fuhr. Er sah ein bisschen ratlos aus.

»Seid Ihr sicher, dass Ihr . . .?«, begann Bernward.

»Still!«, unterbrach ihn Themistokles. »Ich muss mich konzentrieren!«

»Gute Idee«, flüsterte Feuer.

Themistokles schenkte ihm einen bösen Blick, sagte aber nichts, sondern blätterte weiter in seinem Buch, bis er die Stelle gefunden hatte, nach der er suchte.

»So! Das müsste es sein!«

»Wollen wir es hoffen«, brummte Feuer.

Themistokles ignorierte ihn, fuhr mit dem Zeigefinger die verblichenen Zeilen entlang und begann, dabei undeutlich vor sich hin zu murmeln. Im allerersten Moment geschah nichts, dann begannen einige der gespiegelten Lichter zu flackern und ihre Farbe und Form zu verändern – wenn auch nicht alle – und Themistokles machte erschrocken »Ups!« und schnippte mit den Fingern und das Licht normalisierte sich wieder.

»Seid Ihr wirklich sicher, dass Ihr wisst, was Ihr da tut?«, fragte Bernward.

Themistokles blickte ihn wütend an, blätterte um und fuhr nun deutlich hektischer mit dem Zeigefinger über die Seiten. »Man wird sich wohl noch mal vertun dürfen«, maulte er. »Ah, da steht es ja! Alle Schuppen zurück an ihren Platz!«

»Meister Themistokles«, sagte Scätterling vorsichtig. Themistokles brachte sie mit einer unwilligen Geste zum Schweigen und las den Zauberspruch aus dem Buch laut vor und ein sonderbar weiches *Buff* ertönte. Weiter geschah nichts. Themistokles rührte sich ein paar Sekunden lang gar nicht, dann blickte er fast ängstlich nach rechts und links und wirkte ziemlich verwirrt. Es hatte sich überhaupt nichts verändert. Nur aus seinen Haaren und seinem Bart rieselte ein bisschen weißer Staub, als er sich bewegte.
»Meister Themistokles?«, fragte Bernward. Auch aus seinem Haar fiel Staub, und als Themistokles hochsah und zu Scätterling aufblickte, da erkannte er, dass die Elfe einen blitzenden Kometenschweif hinter sich herzog, der sich in Hunderten von Spiegeln reflektierte, sodass es aussah, als wäre das ganze Zelt von blitzendem Staub erfüllt.
»W... w... was i... i... ist denn j... j... jetzt w... w... wieder l... l... los?«, pfiff Scätterling.
»Ich habe keine Ahnung«, gestand Themistokles, beging dabei aber den Fehler, bekräftigend den Kopf zu schütteln, woraufhin sein Haar und sein Bart fast zu explodieren schienen und hinter einer silbern schimmernden Wolke verschwanden. Bernward begann zu husten, was das Ganze nur noch schlimmer machte.
»Aber ich verstehe das nicht!«, beteuerte Themistokles. In der Luft war mittlerweile so viel wirbelnder

weißer Staub, dass er ununterbrochen niesen musste.
»Ich habe alles richtig gemacht! Da steht eindeutig: Sämtliche Schuppen kehren augenblicklich an ihren Platz zurück.«
»A... a... aber v... v... vielleicht w... w... waren damit j... j... ja...«, begann Scätterling. Etwas klirrte, als die Elfe in alldem Staub gegen einen Spiegel klatschte und dann in Spiralen zu Boden torkelte.
Feuer hob den gehörnten Kopf, linste mit einem Auge in Themistokles' Zauberbuch und führte den angefangenen Satz der Elfe zu Ende: »... Haarschuppen gemeint, Meister Themistokles.«
»Oh«, machte Themistokles. Mittlerweile rieselten so viele Schuppen aus seinem Haar und seinem Bart, dass es nicht nur so aussah, als würde es schneien, sondern er auch schon bis zu den Knöcheln in einem weißen Hügel stand. Hastig beugte er sich über das Buch und suchte nach dem passenden Gegenzauber, aber er hatte einige Schwierigkeiten damit. Die ständig nachrieselnden Schuppen bildeten eine dichte Schicht auf den Seiten, sodass er die Schrift nicht mehr richtig lesen konnte. Er brauchte fast eine Minute, um die entsprechende Stelle zu finden, und versuchte, sie freizuwischen, aber aus seinem Haar fielen immer mehr und mehr und mehr Schuppen; eindeutig zu viel, um sie mit ein paar raschen Handbewegungen beiseitefegen zu können.

»Sturm!«, seufzte Feuer.

Der junge Drache schlug mit den Flügeln und von einem Augenblick auf den anderen erhob sich ein wahrer Sturmwind, der sämtliche Schuppen einfach davonblies. Unglücklicherweise blätterte er auch die Seiten in Themistokles' Zauberbuch um, sodass der greise Magier etliche Sekunden damit beschäftigt war, das sich heftig sträubende Buch zu bändigen, und noch länger, um die richtige Seite überhaupt wiederzufinden. Themistokles las den Zauberspruch laut vor, aber das Heulen des künstlichen Sturmwinds, den die Drachenschwingen entfachten, riss ihm die Worte einfach von den Lippen.

»Sturm!«, brüllte er.

»Ja?«, schrie der junge Drache zurück. Seine Flügel schlugen noch immer.

»Hör auf!«, schrie Themistokles.

»Was?«, brüllte Sturm und flatterte verwirrt mit den Flügeln. Mittlerweile war der Orkan so heftig geworden, dass das ganze Zelt zu wanken begann. »Ich verstehe Euch nicht, Meister Themistokles. Es ist zu laut!«

Feuer versetzte ihm einen Hieb mit der Schwanzspitze, der den jungen Drachen glattweg von den Füßen riss. Der Sturmwind seiner ledernen Schwingen hörte zwar auf, aber Themistokles' Zauberbuch flog in hohem Bogen davon und klappte zu. Mit einem erschrockenen Keuchen sprang ihm Themistokles hinterher, wobei sein Kopf und sein Bart geradezu hinter einer wirbelnden weißen Schuppenwolke verschwanden. Nur mit Mühe und Not fand Themistokles sein Zauberbuch in der silbrig-weißen Schicht wieder, die trotz Sturms Bemühungen den gesamten Boden bedeckte, und blätterte es hastig durch. Aus seinem Haar rieselte ein wahrer Sturzbach aus weißen Schuppen auf das Buch hinab und machte es ihm völlig unmöglich, auch nur eine einzige Zeile zu lesen.

Schließlich sah Themistokles nur noch einen Ausweg. »Also gut«, stieß er hustend hervor. »Alles soll wieder so sein, wie es war, als wir gekommen sind!« Und kaum hatte er den dazugehörigen Zauberspruch hervorgehustet, da war der Spuk auch schon vorbei. Der weiße Schneesturm war verschwunden, als hätte es ihn niemals gegeben, Sturm stand wieder auf seinen Füßen und auch Scätterling flackerte unversehrt über ihnen in der Luft.

Unglücklicherweise hatte Themistokles nur eine Kleinigkeit vergessen. Als sie hereingekommen waren, da hatte er das Zauberbuch *zugeklappt* unter dem Arm getragen. Es war ein wirklich großes, wirklich schweres Buch mit einem Einband aus steinhart gewordenem Leder.

Und es klappte mit einem lauten Knall zu und ein ganz klitzekleines bisschen schneller, als Themistokles die Nase zurückziehen konnte.

Der Burgfrieden

Schloss Drachenthal erlebte an diesem Tag eine Premiere und noch dazu etwas, womit weder Rebekka noch irgendein anderer der Beteiligten auch nur im Traum gerechnet hätten: Rebekka und Samantha vom Thal hielten sich länger als zwei Minuten im selben Zimmer auf, ohne dass sie sich angifteten oder versuchten, sich gegenseitig die Augen auszukratzen. Es kam nicht einmal zum Austausch größerer Feindseligkeiten, von dem einen oder anderen bösen Blick vielleicht einmal abgesehen.

Sowohl Tom und Tanja als auch Sams Freundinnen waren verschwunden, als sie aus Bienes Büro kamen, aber sie tauchten nach kaum einer halben Stunde wieder auf und staunten nicht schlecht, als sie Samantha und Rebekka in scheinbar friedlicher Eintracht beieinandersitzen sahen. Tanja war so verdutzt, dass sie nur ein verdattertes »Was ist denn hier los?« hervorbrachte, doch Rebekka kam nicht einmal dazu zu antworten, denn hinter ihr stürmte ein äußerst aufgeregter Tom herein und sprudelte los: »Das glaubt ihr mir nie! Nicht einmal Biene hätte ich das . . .« Er brach verdutzt ab und starrte Rebekka und Sam abwechselnd und aus weit aufgerissenen

Augen an. ». . . zugetraut«, schloss er endlich. »Was . . . was ist denn *hier* los?«
»Was hättest du Biene niemals zugetraut?«, fragte Samantha lächelnd.
Tom blickte sie nur fassungslos an. »Ihr . . . ihr zwei?«, murmelte er ungläubig. »Zusammen?«
»Und noch am Leben?«, fügte Tanja in nicht weniger erstauntem Ton hinzu.
»Wir hatten etwas zu besprechen.« Samantha lächelte zuckersüß. »Also, was war mit Biene?«
Tom hatte alle Mühe, seine Sprache wiederzufinden. Das Verhältnis zwischen ihm und Samantha war mindestens ebenso angespannt wie das zwischen Samantha und Rebekka, wenn auch aus vollkommen anderen Gründen. Samantha und er waren bis vor ein paar Monaten zusammen gewesen, doch dann hatte es einen sehr hässlichen Zwischenfall gegeben (der Rebekka um ein Haar das Leben gekostet hätte – aber das ist eine andere Geschichte), und seither gingen sie sich aus dem Weg, wo sie nur konnten. Wenn auch sicher nicht für Tom, so galt doch umso mehr für Samantha die alte Regel, dass es keine schlimmeren Feinde gibt als ehemalige Freunde.
»Also, sie hat . . . hat Anton rausgeworfen«, sagte er schließlich stockend und immer noch ungläubig blinzelnd.
Tanja drehte sich mit einem Ruck zu ihm um und riss

fassungslos die Augen auf und auch Rebekka sah ihn im ersten Moment einfach nur verwirrt an. Bloß Samantha zuckte scheinbar gleichmütig mit den Schultern.

»Bist du sicher?«, fragte Rebekka.

»Ich habe es gerade gehört«, bestätigte Tom und zog die Tür hinter sich zu. »Angeblich soll sie gesagt haben, dass er zu alt ist . . .«

»Stimmt ja auch«, sagte Samantha.

». . . und seine Arbeit nicht mehr schafft«, fuhr Tom mit einem giftigen Blick in Samanthas Richtung fort. »Er wäre nur eine Belastung für das Internat, die sie sich nicht mehr leisten könnte.«

Obwohl Rebekka natürlich wusste, dass Tom sich eine solche Geschichte niemals ausdenken würde, fiel es ihr dennoch schwer, seinen Worten Glauben zu schenken. Sicherlich war Anton alt (nach allgemeiner Einschätzung der Schüler irgendetwas zwischen zwei- und fünfhundert Jahren), aber man erzählte sich, er selbst habe Drachenthal einst als Schüler besucht und sei danach für immer hiergeblieben, und jedermann war klar, dass das auch so bleiben würde, solange er lebte. Dabei fristete er hier nicht nur sein Gnadenbrot, sondern machte sich als Hausmeister, Chauffeur, Nachtwächter und Empfangschef mehr als nur ein bisschen nützlich. So grausam *konnte* Biene gar nicht sein!

»Ja, das passt«, sagte Samantha.
»Was?«, fragte Rebekka misstrauisch.
»Ist dir etwa nicht aufgefallen, wie sehr sich Biene verändert hat?«, fragte Samantha. »Sie war schon immer ein Herzchen, aber so eklig war sie bisher noch nicht.« Sie schüttelte heftig den Kopf. »Irgendetwas ist mit ihr passiert, als sie auf der Kirmes war.«
»Wessen Schuld mag das bloß sein?«, säuselte Tanja.
»Ganz bestimmt nicht meine!«, giftete Sam. »Ich habe nichts getan!«
»Ja, das haben wir gemerkt«, sagte Tanja böse. »Rebekka und ich wären um ein Haar abgefackelt worden, aber sonst ist kaum was passiert.«
Samantha presste so wütend die Kiefer aufeinander, dass man ihre Zähne knirschen hören konnte. Rebekka hatte ihr erzählt, was Tanja und sie in der Geisterbahn erlebt hatten, und sie hatte bisher kein Wort dazu gesagt, nun aber verteidigte sie sich: »Damit habe ich nichts zu tun.«
»Ach, und wie war das mit dem Wasser?«, fragte Tanja.
»Das geht auf mein Konto, zugegeben«, räumte Samantha ein. »Ich wollte euch eins auswischen, okay. Also habe ich einem der Jungs ein paar Euro gegeben, damit er euch eine kalte Dusche verpasst. Doch mit dem Rest habe ich nichts zu tun.«
Ausnahmsweise glaubte Rebekka ihr sogar. Nicht

dass sie Samantha nicht jede Gemeinheit zugetraut hätte – aber sie spürte einfach, in diesem speziellen Fall war sie unschuldig. Sie brachte Tanja mit einer entsprechenden Geste zum Schweigen.

»Samantha hat recht«, sagte sie. »Es muss an dieser Geisterbahn liegen.«

»Oder an der ganzen Kirmes«, fügte Tom hinzu. »Ich meine: Ich war zwar nicht dabei, aber nach allem, was ihr erzählt habt . . .« Er zuckte mit den Schultern und setzte sich auf den Stuhl im Zimmer, der am weitesten von Samantha entfernt war. »Was habt ihr damit gemeint, dass etwas mit Biene nicht stimmt?«

Samantha sah ihn nur trotzig an, aber Rebekka antwortete in nachdenklichem Ton: »Sie ist einfach . . . anders. Sie zieht sich anders an, trägt ihr Haar offen und spricht irgendwie merkwürdig.« Es fiel ihr schwer, in Worte zu fassen, was sie bei der Erinnerung an das Gespräch mit Biene empfand; auf jeden Fall war es nichts Angenehmes. Felicitas Bienenstich war gewiss niemals eine von den Lehrerinnen gewesen, die ihre Schüler sofort ins Herz geschlossen hätten, sondern gehörte wohl eher in die Kategorie, die dem Namen *Drachenthal* eine ganz neue Bedeutung verlieh – aber sie war trotz aller Härte und Unerbittlichkeit auf ihre Art dennoch stets gerecht geblieben. Niemals zuvor hatte Rebekka eine solche Kälte an ihr verspürt wie vorhin.

»Im Klartext: Sie hat sich verändert«, sagte Tanja. »Seit . . .«

». . . sie aus dem Spiegelkabinett gekommen ist«, führte Rebekka den Satz zu Ende. Ein eisiger Schauer lief ihr über den Rücken, als sie erst nach ein oder zwei Sekunden begriff, was sie da gerade selbst ausgesprochen hatte. Erschrocken blickte sie ihre Freunde an. »Um genau zu sein, seit sie in den Spiegel *gesehen* hat.«

»Welchen Spiegel?«, fragte Samantha.

»Den direkt in der Mitte«, antwortete Rebekka. »Ich habe euch doch gesagt, dass ich Peer Andermatt darin gesehen habe.«

»Mir nicht«, warf Sam ein. Sie wirkte ein bisschen beleidigt.

»Dann sage ich es dir eben jetzt«, gab Rebekka achselzuckend zurück. »Ich weiß, dass mir keiner glaubt – aber es war so. Es war wirklich Peer Andermatt.«

»Und du meinst, Biene hätte ihn auch gesehen?«, murmelte Tanja.

Rebekka wollte ganz automatisch nicken, aber dann beließ sie es bei einem eher hilflos wirkenden Schulterzucken. Natürlich war das auch ihr allererster Gedanke gewesen – doch seit sie auf die Legende von Peer Andermatt gestoßen war, hatte sie ein ganz spezielles Verhältnis zu Spiegeln, denen man Zauberkraft zuschrieb. Und obwohl sie sich trotz allem beharrlich weigerte, das Wort *Magie* leichtfertig zu benutzen, konnte sie doch gar nicht anders, als es mit den Spiegeln auf der Kirmes in Zusammenhang zu bringen.

»Wenn Biene ihn auch gesehen hat«, sagte Samantha nachdenklich, »dann erklärt das eine Menge. Aber dann stecken wir auch bis zum Hals in Schwierigkeiten.« Sie schüttelte mit finsterem Gesicht den Kopf. »Kein Wunder, dass sie unsere Scherben kassiert hat.«

»Sie hat *was?*«, ächzte Tanja.

»Anton hat meine Spiegelscherben gefunden und zu ihr gebracht«, berichtete Rebekka niedergeschlagen.

»Und meine auch«, fügte Samantha – allerdings eher wütend – hinzu.

»*Deine?*«, vergewisserte sich Tom.

»Du hast doch nicht wirklich geglaubt, dass ich alle meine Geheimnisse mit dir teile, Schätzchen?«, fragte Samantha liebenswürdig. Toms Gesicht verdüsterte sich, doch Rebekka brachte ihn mit einem raschen, fast flehenden Blick zum Schweigen.

»Hört auf, euch zu streiten. Wir haben ganz andere Probleme.« Sie wandte sich direkt an Samantha. »Ich schlage vor, wir schließen einen Burgfrieden, bis die ganze Sache vorbei ist.«

Samanthas Blick wurde geradezu verächtlich, aber sie antwortete nicht und nach ein paar Sekunden deutete Rebekka ihr Schweigen als Zustimmung und fuhr fort: »Vielleicht hat Tom ja recht und mit dieser ganzen Kirmes stimmt etwas nicht. Ich hatte sowieso die ganze Zeit über das Gefühl, dass da etwas nicht mit rechten Dingen zugeht.«

»Wie meinst du das?«, fragte Tom.

Auch diesmal konnte Rebekka zur Antwort nur mit den Schultern zucken. Es war wirklich nur ein *Gefühl* gewesen, das sie jetzt so wenig wie am Vormittag in Worte fassen konnte. Und trotzdem schien es mit jedem Moment, den sie darüber nachdachte, stärker zu werden.

»Na, *das* nenne ich doch mal eine präzise Auskunft«, sagte Samantha spöttisch. »Was sagt dir dein Gefühl denn darüber, wie wir unsere Spiegelscherben zurückbekommen?«

»Was meinst du damit?«, fragte Tanja verständnislos.

Samantha antwortete zwar, tat es aber in Rebekkas Richtung und würdigte Tanja nicht einmal eines Blickes. »Ich habe nicht vor, sie Biene zu überlassen.«

»Sie liegen aber in ihrem Safe«, erinnerte Tanja.

Samantha blickte immer noch Rebekka an. »Dann müssen wir sie da eben rausholen.«

Tom japste nach Luft. »Du bist verrückt! Du willst doch nicht etwa in Bienes Büro einbrechen?«

»Was heißt hier einbrechen?«, empörte sich Samantha. »Seit wann ist es ein Einbruch, wenn man sich etwas zurückholt, das einem gestohlen wurde? Sie hatte kein Recht, Anton unsere Privatsachen durchwühlen zu lassen.«

Tom setzte zwar zu einer Antwort an, ließ es zu Rebekkas Erleichterung dann aber bleiben. Sich mit Samantha auf *diese* Art von Diskussionen einzulassen, war absolut sinnlos. Statt einer direkten Erwiderung schüttelte sie nur traurig den Kopf und sagte: »Wir müssen noch einmal zur Kirmes.«

»Und wozu?«, wollte Samantha wissen.

»Weil Tom recht hat«, antwortete Rebekka. »Irgendwas stimmt mit diesem ganzen Kirmesplatz nicht. Vielleicht finden wir es ja heraus, wenn wir uns die Geisterbahn noch einmal vornehmen. Oder das Spiegelzelt.«

»Prima Idee«, spöttelte Samantha. »Biene wird begeistert sein, wenn wir sie um Erlaubnis bitten, noch mal zur Kirmes gehen zu dürfen.«

»Aber Samantha«, sagte Tanja mit gespielter Überraschung. »Seit wann fragst du um Erlaubnis, wenn du etwas willst?«

Samantha warf ihr einen giftigen Blick zu, doch Rebekka hob rasch die Hände und erstickte den drohenden Streit im Keim. »Wir finden schon einen Weg.«

»Nicht *wir.*« Samantha stand auf. »Lasst mich mal machen. Die Sache ist schon so gut wie erledigt.« Sie sah sich einen Moment Beifall heischend um, und als

keiner von ihnen Anstalten machte, vor lauter Dankbarkeit vor ihr auf die Knie zu fallen, warf sie mit einer beleidigten Bewegung den Kopf in den Nacken und stolzierte hinaus.
Tom blickte ihr kopfschüttelnd nach, aber er wartete auch, bis sie die Tür hinter sich zugezogen hatte und ganz bestimmt außer Hörweite war, bevor er sich mit einem Ausdruck vollkommener Verwirrung an Rebekka wandte. »Samantha und du?«, murmelte er ungläubig. »Ist das wirklich dein Ernst?«
»Ungewöhnliche Situationen erfordern eben manchmal ungewöhnliche Maßnahmen«, antwortete Rebekka.
»Das muss aber schon eine *ziemlich* ungewöhnliche Situation sein«, fand Tanja.
»Ihr habt Biene nicht erlebt«, beharrte Rebekka. »Sie war wie ausgewechselt. Irgendetwas stimmt nicht mit ihr. Seit sie in diesem Spiegelkabinett war, ist sie irgendwie nicht mehr sie selbst.«
»Schlimmer als sonst kann sie ja wohl kaum sein«, sagte Tom ironisch.
Rebekka blieb ernst. »Ihr habt sie nicht gesehen«, beharrte sie. »Und wisst ihr – da ist noch etwas.« Sie schwieg einen Moment. Es fiel ihr schwer weiterzureden. »Ich glaube, sie weiß Bescheid.«
»Bescheid?«, fragte Tom und »Worüber?«, fügte Tanja hinzu.

»Über Peer Andermatt«, antwortete Rebekka. »Sie hat zwar wieder behauptet, es wäre nur eine Legende, aber irgendwie hatte ich das Gefühl, dass sie die Wahrheit kennt.«
»Und wie kommst du darauf?«
»Wegen der Spiegelscherben«, antwortete Rebekka. »Ich meine: Wenn sie wirklich nicht daran glaubt, dass die Scherben über irgendwelche besonderen Kräfte verfügen, warum hat sie sie dann nicht einfach weggeworfen, sondern in ihrem Tresor eingeschlossen?«
Darauf wusste keiner von ihnen eine Antwort. Sie debattierten noch eine ganze Weile hitzig hin und her, doch dann – vielleicht nach einer Viertelstunde – flog die Tür auf und Samantha stürmte herein; selbstverständlich ohne anzuklopfen.
»Na?«, feixte sie. »Bin ich gut oder bin ich gut?« Sie machte eine dramatische Geste. »Steh auf, Rebekkaschätzchen. Unser Taxi wartet.«
»Wie?«, machte Rebekka verdutzt.
»Was meinst du mit Taxi?«, fragte Tanja misstrauisch.
Samantha grinste breit, griff in die Hosentasche und zog ein Handy heraus, mit dem sie fröhlich herumwedelte. »Wie es der Zufall will, hat gerade die Sekretärin meines Vaters angerufen und seinen Besuch für heute angekündigt. Er kommt mit dem Zehnuhrzug.

Anton fährt in zehn Minuten los, um ihn vom Bahnhof abzuholen.«

»Dein Vater kommt hierher?«, vergewisserte sich Rebekka. »Und das auch noch ausgerechnet mit dem Zug?« Samanthas Vater war nicht irgendwer, sondern ein schwerreicher Industrieller, dem so ganz nebenbei das gesamte Internat gehörte. Bisher hatte ihn von den Schülern hier niemand zu Gesicht bekommen, aber Rebekka wusste, dass selbst Biene einen gehörigen Respekt vor ihm hatte.

»Jedenfalls glaubt Biene das«, meinte Samantha listig. Sie wedelte noch heftiger mit dem Telefon und endlich begriff Rebekka.

»Du hast angerufen«, sagte sie, »und dich für die Sekretärin ausgegeben.«

»Würde ich so etwas tun?«, fragte Samantha mit dem unschuldigsten Gesicht der Welt.

»Ja«, antworteten alle drei im Chor. Samantha zog einen Schmollmund, aber ihre Augen funkelten.

»Und wenn Anton zurückkommt und Biene erfährt, dass dein Vater nicht im Zug war?«, fragte Rebekka. »Spätestens dann begreift sie doch, dass irgendwas nicht stimmt!«

Samantha zuckte nur mit den Schultern. »Darüber können wir uns später den Kopf zerbrechen. Anton fährt in zehn Minuten los. Wenn wir uns vorher im Wagen verstecken wollen, dann müssen wir uns beeilen.«

Rebekka war nicht wohl bei dieser Vorstellung, aber ihr fiel auch kein Grund ein, Samanthas Vorschlag abzulehnen – schließlich wollte sie selbst unbedingt zur Kirmes. Und die Zeit drängte. Widerwillig stand sie auf. Auch Tom und Tanja wollten sich ihnen anschließen, doch Samantha machte eine rasche, abwehrende Geste.

»Nur wir zwei«, sagte sie. »Oder glaubt ihr ernsthaft, dass wir uns zu viert im Wagen verstecken können, ohne aufzufallen?«

Rebekka glaubte nicht einmal, dass ihnen das zu *zweit* gelingen würde, aber das behielt sie vorsichtshalber für sich. Sie warf ihren beiden Freunden einen beruhigenden Blick zu, dann folgte sie Samantha hinaus auf den Flur. Als sie an dem leeren Tresen vorüberkamen, hinter dem zu dieser Zeit normalerweise Anton gesessen hätte, beschlich sie ein ganz merkwürdiges Gefühl. »Wieso fährt Anton eigentlich noch zum Bahnhof, wenn Biene ihn doch gefeuert hat?«, fragte sie.

Samantha bedeutete ihr mit einem heftigen Wink, still zu sein, was sie selbst aber nicht daran hinderte, zu antworten. »Sie hat ihm erst zum Ende des Schuljahres gekündigt – glaube ich. Sei doch froh. Oder hast du etwa Lust, das ganze Stück hinunter ins Dorf zu laufen?«

Das hatte Rebekka nicht. Das Schloss lag hoch in den

Bergen. Bis zum Dorf waren es mindestens fünf Kilometer und selbstverständlich auch noch einmal dasselbe Stück zurück. Sie schüttelte den Kopf.

»Ich verstehe nicht, wieso sie Anton entlassen hat«, murmelte sie.

Samantha zuckte beiläufig mit den Schultern. »Keine Sorge. Das regele ich schon. Ein einziger Anruf bei meinem Vater und Anton hat seinen Job wieder.«

Allmählich wurde Samantha ihr fast unheimlich. So viel Großzügigkeit hätte sie niemals von ihr erwartet. Doch sie kam nicht dazu, sich viele Gedanken darüber zu machen, denn schon sehr bald hatten sie den kleinen Schuppen neben dem Tor erreicht, in dem der klapperige Kleinbus stand, mit dem Anton alle anfallenden Besorgungen für das Internat erledigte.

Die Kiste musste ungefähr so alt sein wie er selbst und war eigentlich die meiste Zeit kaputt. Gottlob schloss Anton den Wagen niemals ab und Samantha hatte auch bereits ein paar alte Wolldecken bereitgelegt, unter denen sie sich verstecken konnten. Natürlich ließ sie es sich nicht nehmen, lautstark darauf hinzuweisen, wie perfekt sie doch alles vorbereitet hätte und dass Rebekka ohne ihre Hilfe vollkommen aufgeschmissen gewesen wäre (was vermutlich stimmte), sodass Rebekka fast schon froh war, als das Licht im Schuppen anging und Anton kam. Sie duck-

ten sich hastig zwischen den Sitzen nieder und zogen die Wolldecken über ihre Köpfe.
Allerdings hielt ihre Erleichterung nicht besonders lange an.
Um ganz genau zu sein: gerade so lange, bis sie bemerkte, dass Anton nicht allein gekommen war.
Rebekka hatte das Gefühl, ihr Herz müsse stehen bleiben, als sie sah, wie Biene die Wagentür öffnete und neben Anton auf dem Beifahrersitz Platz nahm.

Die bunt gescheckten Drachen

Themistokles hatte jetzt den dritten Zauberspruch hintereinander ausprobiert, aber es wollte einfach nicht richtig funktionieren – was möglicherweise einfach an seiner Aussprache lag. Ärgerlich und mit spitzen Fingern griff er nach dem Tuch, das Bernward ihm reichte (es war ebenfalls das dritte), und tupfte sich damit über die Nase. Die beiden anderen waren mittlerweile rot und fleckig und seine Nase war fast auf die Größe einer Kartoffel angeschwollen. Dabei hatte er das Gefühl, im Grunde noch Glück gehabt zu haben. Das Buch war mit solcher Wucht unmittelbar vor seinem Gesicht zugeklappt, dass er einen Moment lang ernsthaft Angst gehabt hatte, es hätte ihm die Nase einfach abgebissen.

»Ist alles wieder in Ordnung, Meister Themistokles?«, fragte der Gaukler.

»Natürnich nischt«, nuschelte Themistokles. Seine Nase blutete immer noch heftig. Er versuchte zum vierten Mal, den roten Strom aus seiner Nase mit einem entsprechenden Zauberspruch zum Versiegen zu bringen, aber er erreichte damit nur das Gegenteil. Es war eben schwer, deutlich zu reden, wenn die Nase klopfte und pochte und blutete wie ein undichter

Wasserhahn. Er ließ das Tuch fallen, zog hörbar die Nase hoch und musterte Sturm, Bernward und Feuer der Reihe nach feindselig. »Na neht ihr, nas nihr angenichtet nabt«, näselte er.

»Wir?«, fragte Bernward.

»Also genau genommen habt Ihr . . .«, begann Sturm, brach mitten im Satz ab und schluckte hörbar, als ihn ein vernichtender Blick aus Themistokles' Augen traf. Feuer grinste breit und zeigte dabei ein gutes Dutzend handlanger Zähne.

Themistokles versuchte es mit einem anderen Zauberspruch. Das Blut, das jetzt aus seiner Nase tropfte und seinen Bart färbte, wurde grün, aber das war alles. Themistokles betrachtete sich selbst in einem der zahlreichen Spiegel und beschloss missmutig, es mit der altmodischen Methode zu probieren – er musste eben warten, bis es von selbst aufhörte.

»Vielleicht sollten wir einfach für heute Schluss machen und morgen von vorne anfangen«, schlug Bernward vor, wobei er sich nervös in dem großen, rundum verspiegelten Zelt umsah. Alles sah wieder so aus wie vorhin, als sie gekommen waren, aber er hatte nicht vergessen, was passiert war. Wahrscheinlich hatte er nur Angst, dass Themistokles sein Zelt endgültig zerlegte.

»Nommt nicht nin Fnage.« Themistokles blätterte verärgert in seinem Buch. Ein wenig grünes Blut tropfte auf die aufgeschlagenen Seiten und verschmierte die Schrift. Er näselte einen hastigen Zauberspruch und die Blutflecken blieben zwar, hatten aber jetzt hübsche lila Streifen.

»Nas neht nicht«, antwortete Themistokles, während er mit einer Hand weiterblätterte (nachdem er unauffällig mit den Ärmeln Flecken weggewischt hatte) und mit dem Zeigefinger der anderen anklagend in Feuers Richtung deutete. »Wein Spniegnel neben Spniegnel nind. Und wenn nie noch nazu vernaubert nind, können nie komischnen Sachen nassieren.«

»Hä?«, machte Sturm. Feuer blickte ihn nur grinsend an und Scätterling war so irritiert, dass sie ganz vergaß, eine ihrer vorlauten Bemerkungen von sich zu geben, bevor sie zum x-ten Mal gegen einen der zahlreichen Spiegel krachte. Themistokles achtete nicht darauf, sondern zupfte erst an seiner Nase herum und blätterte dann zunehmend hektischer in seinem Buch.

»Wir müssen die magischen Schuppen entfernen!«, fuhr Themistokles wieder weitaus verständlicher fort. »Jetzt, wo sie einmal Magie gekostet haben, werden sie nicht von selbst wieder aufhören! Es ist ein Wunder, dass noch nichts Schlimmeres passiert ist.«

»Aber ich bitte Euch«, flehte Bernward. »Es ist ein Jahr her, dass Euer Zögling mir seine Schuppen verkauft hat, und . . .«

»Verkauft?«, unterbrach ihn Themistokles.
Feuer blickte interessiert zur Decke hoch und auch Bernward begann, verlegen mit den Händen zu ringen. »Ähm ... überlassen hat, wollte ich sagen«, verbesserte er sich hastig. »Und ich versichere Euch, dass in all dieser Zeit nicht das Geringste passiert ist.«
»Über das *Verkaufen* reden wir noch«, sagte Themistokles drohend. »Es ist höchst verwerflich, seine magischen Fähigkeiten zu missbrauchen, um sich selbst zu bereichern. Und was Euch angeht, Bernward ...«, er drehte sich ganz zu dem Gaukler um und wurde noch ernster, »so hattet Ihr wirklich großes Glück. Diese Spiegel sind verzaubert. Sie vermögen das, was sie sehen, nicht nur widerzuspiegeln, sondern auch zu verdrehen. Wäre nur ein einziger Magier in dieses Zelt gekommen, hätte sehr leicht eine Katastrophe passieren können.«
Bernward wirkte mit einem Mal sehr erschrocken, aber Feuer sagte: »Also genau genommen war bisher nur ein einziger Magier hier.«
»So?«, fragte Themistokles. »Wer?«
Feuer grinste ihn an und Themistokles blinzelte, sah einen Moment ziemlich verloren aus und hatte es dann plötzlich sehr eilig, weiter in seinem Buch zu blättern. Nach einem halben Dutzend Seiten und ebenso vielen lila gestreiften grünen Flecken hatte er

endlich gefunden, wonach er suchte. So deutlich er nur konnte, sagte er einen Zauberspruch auf.
Im allerersten Moment geschah nichts und Bernward atmete schon erleichtert auf, dann aber hob ein helles, zuerst kaum vernehmliches Klingen und Klimpern an. Rasch gewann es an Kraft, bis es sich anhörte wie das größte Glockenspiel der Welt, sodass sie sich alle mit schmerzhaft verzogenen Gesichtern die Ohren zuhielten.
»Meister Themistokles!«, murmelte Feuer.
»Was?«, schrie Themistokles zurück.
»Irgendwas stimmt nicht!«, rief Feuer.
Niemand verstand auch nur ein Wort. Das ganze Zelt klirrte wie eine riesige Glasscheibe, die dabei war, in tausend Stücke zu zerbersten.
»Mit mir auch nicht!«, kreischte Sturm.
Selbst wenn Themistokles die Worte der beiden jungen Drachen verstanden hätte, wäre es vermutlich zu spät gewesen. Das Klirren, Klingen, Dröhnen und Krachen wurde noch lauter und brach dann von einem Lidschlag auf den nächsten ab, Ruhe kehrte ein.
Aber nur für einen ganz kurzen Moment.
Dann war die Luft plötzlich von blitzenden roten und grünen Geschossen erfüllt. Themistokles und Bernward konnten sich gerade noch platt auf den Boden werfen und die Hände über den Köpfen zusammenschlagen. Scätterling piepste erschrocken und war

dann einfach verschwunden. Es war, als hätte jemand mit einem riesigen Maschinengewehr das Feuer auf das Zelt eröffnet, ein Gewehr allerdings, das keine Kugeln verschoss, sondern rote und grüne Blitze. Es dauerte tatsächlich nur ein paar Sekunden, aber in dieser Zeit brach in dem großen Zelt das Chaos aus. Klirrend zerbarsten Spiegel, Glas zersplitterte und regnete zu Boden, kunstvoll gestaltete Rahmen zerplatzten oder lösten sich einfach in wirbelnden Staubwolken auf und plötzlich klafften Dutzende von Rissen und Schnitten in den Zeltbahnen über ihren Köpfen.

Als es vorbei war, nahm Themistokles vorsichtig die Hände herunter und sah sich um.

Das Spiegelzelt glich einem Schlachtfeld. Ein Großteil der Spiegel war zerschlagen und Millionen blitzender Scherben bedeckten den Boden wie gefrorener Regen. Die Zeltplane hing zerfetzt in traurigen Bahnen herab, und was stehen geblieben war, war nur so gespickt mit messerscharfen grünen und roten ... Drachenschuppen!

»D... d... das i... i... ist n... n... nicht l... l... lustig«, piepste eine Stimme von oben.

Themistokles hob vorsichtig den Kopf und sah hoch. Es dauerte einen Moment, bis er sie überhaupt entdeckte: Scätterling hing mit weit ausgebreiteten Flügeln an den dicken Stützbalken des Zeltes. Eine daumennagelgroße giftgrüne Schuppe mit rasiermesserscharfen Kanten nagelte ihren linken Flügel regelrecht an das Holz und eine ebensolche, allerdings feuerrote, ihren rechten.

»Oh«, machte Themistokles.

»Ja, oh!«, grollte eine ziemlich aufgebrachte Stimme neben ihm. Themistokles richtete sich weiter auf, drehte den Kopf – und riss verblüfft die Augen auf. Die Stimme gehörte zweifellos Feuer. Aber er hatte einige Mühe, den jungen Drachen überhaupt zu erkennen.

Feuer und Sturm hatten sich verändert. Sie waren nach wie vor Drachen, aber sie wirkten . . . sonderbar – wenn Themistokles nicht so abgrundtief erschrocken gewesen wäre, hätte er wahrscheinlich eher gesagt: lächerlich –, was daran liegen mochte, dass sie vollkommen nackt waren.

Um genau zu sein: Sie hatten keine Schuppen mehr. Was da gerade so kunterbunt durch die Luft geflogen war, das waren keine Granatsplitter oder Glasscherben gewesen, sondern die Schuppen der beiden jungen Drachen. Sturm und Feuer standen mit vollkommen verdutzten Gesichtern da, guckten sich an und schienen sich mit aller Kraft beherrschen zu müssen, nicht in Tränen auszubrechen. Themistokles war einfach nur fassungslos, Bernward dagegen hatte sichtlich Mühe, nicht in schallendes Gelächter auszubrechen. Scätterling, die noch immer an den Balken genagelt war, kicherte verhalten, während Kjuub gar nicht erst versuchte, seine wahren Gefühle irgendwie zu unterdrücken. Er begann brüllend zu lachen.

»Noch ein Laut, du mickriger kleiner Zwerg . . .«, drohte Feuer.

»Ja«, gluckste Kjuub. »Was dann?«

Feuer spießte ihn mit Blicken regelrecht auf, was das Grinsen des Zwerges aber eher noch breiter werden ließ. Kjuub hatte in der Tat nicht allzu viel zu befürchten: Zwerge waren vielleicht nicht besonders groß, aber dafür umso zäher. Es war kaum möglich, ihnen wirklich wehzutun, und noch schwerer, sie zu verletzen.

Und die beiden jungen Drachen sahen auch zu komisch aus.

Ohne ihre blitzenden Schuppen erinnerten sie eher an groteske vierbeinige Hühner mit langen Hälsen und noch längeren, dünnen Schwänzen. Ihre Haut, die normalerweise niemand zu Gesicht bekam, war von einem fleckigen Babyrosa und sie beide waren so dürr, dass jede einzelne Rippe deutlich zu sehen war. Selbst Themistokles musste sich anstrengen, nicht zu grinsen.

»Irgendwie scheint Ihr das mit den Schuppen noch immer gründlich misszuverstehen«, grollte Feuer.

Man sah ihm an, dass er eigentlich etwas ganz anderes hatte sagen wollen.
»Nein«, verteidigte sich Themistokles. »Das habe ich nicht. Ich bin sogar ganz sicher, den richtigen Spruch benutzt zu haben!«
Das stimmte tatsächlich. Themistokles kannte seine Schwächen. Er war nicht mehr der Jüngste und es wäre nicht das erste Mal, dass er einen Fehler machte oder irgendetwas verschlampte oder verschusselte. Aber gerade nach dem Missgeschick, das ihm gleich zu Anfang unterlaufen war, hatte er ganz besonders darauf geachtet, diesmal auch wirklich den richtigen Spruch zu erwischen. Trotzdem hob er sein Buch auf, blätterte zurück und las den betreffenden Spruch noch einmal.
»Das verstehe ich nicht«, sagte er. »Es *war* der richtige Spruch. Alles müsste jetzt wieder in Ordnung sein.«
»Ist es aber nicht«, giftete Feuer. »Ich verlange, dass sofort . . .«
»Ja, ja, ist ja schon gut«, unterbrach ihn Themistokles. Er klang dabei trotzdem irgendwie kleinlaut. »Ich bin gleich so weit. Ja, hier. Das müsste alles wieder in Ordnung bringen. Nur einen Moment.«
Nicht nur die beiden jungen Drachen, sondern auch Bernward und der Zwerg sahen sich leicht beunruhigt an, aber Themistokles hatte bereits die Arme gehoben und begann mit schriller Stimme einen misstö-

nenden Singsang zu intonieren, der ganz anders klang als die Zaubersprüche, die er bisher aufgesagt hatte. Wieder geschah im allerersten Moment nichts, dann wiederholte sich das Klirren und Scheppern. Themistokles und Bernward zogen hastig die Köpfe ein und auch noch das restliche Dach ging in Fetzen, als die Luft abermals von rasend schnell durcheinanderfliegenden, gefährlich scharfen Drachenschuppen erfüllt war.

Diesmal war es schneller vorüber, und als sich das Klirren und Scheppern wieder legte und Themistokles aufsah, waren alle Schuppen wieder an ihrem Platz.

Scätterling kreischte, als ihre Flügel plötzlich nicht mehr an den Balken genagelt waren und sie wie ein Stein zu Boden fiel, und fing sich im allerletzten Moment wieder. Die Zeltplane über ihren Köpfen hing noch immer in Fetzen und auch der Boden war nach wie vor von Millionen schimmernder Glasscherben bedeckt, aber wenigstens waren die Schuppen wieder da, wo sie hingehörten.

Ungefähr wenigstens.

Jeder Drache hatte wieder genauso viele Schuppen, wie er haben sollte, und sah nicht mehr aus wie ein halb verhungertes, gerupftes Huhn. Sturm hatte einen hellgrünen Körper, rote Flügel, einen rot-grün geringelten Hals und gestreifte Beine, während Feuer

am ganzen Körper gleichmäßig rot-grün gepunktet war.
»Ups«, machte Themistokles. Kjuub brüllte vor Lachen und hielt sich den Bauch, während Feuer so aussah, als bräuchte er gar keine Magie mehr, um im nächsten Moment Flammen zu spucken. »Meister Themistokles«, grollte er.
»Ja, ja, gleich«, versicherte Themistokles nervös. »Ich verstehe das nicht! Ich habe alles richtig gemacht! Es muss an den Spiegeln liegen. Sie verdrehen alles!«
»Aber die meisten sind doch kaputt«, beschwerte sich Bernward mit weinerlicher Stimme. »Ich bin ruiniert!«
Themistokles ignorierte ihn.
»Es müssen die Spiegel sein«, murmelte er. Mittlerweile klang er nicht mehr nervös, sondern beinahe ängstlich. Er blätterte immer hektischer, hielt schließlich an einer bestimmten Stelle inne und musterte die zerbrochenen Spiegel beunruhigt. Dann seufzte er tief, schloss die Augen und murmelte leise, aber sehr deutlich einen Zauberspruch. Winzige schwebende Lichter und Funken glommen auf und tanzten wie ein Schwarm buntfarbener Glühwürmchen durch das Zelt. Ein gewaltiger Sturmwind tobte für einen Moment durch das mitgenommene Zelt und Themistokles blickte unwillkürlich hoch und warf Sturm einen vorwurfsvollen Blick zu. Aber der junge Drache

war ausnahmsweise unschuldig. Seine bunt gescheckten Flügel hatten sich nicht einmal bewegt. Sonst war allerdings auch nichts passiert.

Feuer musterte die tanzenden Funken und presste so fest die Kiefer aufeinander, dass seine Zähne knirschten. »Hübsch«, grollte er. Es klang eindeutig *drohend.*

Themistokles schnippte mit den Fingern. Die Funken verschwanden und auch der Wirbelwind hörte auf. Themistokles seufzte tief, schüttelte besorgt den Kopf und hob schließlich in einer dramatischen Geste beide Arme. Den Zauberspruch, den er nun sprach – einen der mächtigsten Zauber überhaupt, die er kannte –, stieß er mit dröhnender Stimme hervor.

Ein ohrenbetäubender Donnerschlag erklang, mächtig genug, um das gesamte Zelt wanken zu lassen wie ein kleines Schiff im Sturm. Blitze zuckten. Mit Ausnahme eines einzigen zerbrachen sämtliche bisher noch unversehrten Spiegel – Bernward fiel in Ohnmacht –, ein weiterer, noch gewaltigerer Donnerschlag erklang, und dann wurde es mit einem Mal fast unheimlich still.

»Ist es vorbei?«, fragte Sturm zögernd.

»Ich hoffe es«, antwortete Themistokles.

»Häh?«, machte Feuer.

»Ich glaube – «, begann Themistokles, brach mitten im Satz ab und blinzelte verstört.

»Was . . . ist denn . . . jetzt los?«

»Das würde ich auch gerne wissen«, grollte Feuer. Themistokles sah nun eindeutig verängstigt aus. Verwirrt schüttelte er den Kopf, dachte einen Moment angestrengt nach und schnippte mit den Fingern.
»Alles wieder in Ordnung?«, fragte er.
»Hm«, grummelte Feuer. Sturm sagte vorsichtshalber gar nichts. Themistokles atmete erleichtert auf – und dann wurden seine Augen groß, als er den letzten noch ganz gebliebenen Spiegel betrachtete.
Der Rahmen leuchtete unheimlich und blutrot auf. Das Licht hatte ganz genau dieselbe Farbe wie die Schuppen des jungen Feuerdrachen . . .
»Aber was ist denn . . .?«, murmelte Themistokles. Seine Augen quollen schier aus den Höhlen und trotz des flackernden roten Lichtes, das das Zelt jetzt erfüllte, konnte man sehen, dass sein Gesicht nun auch noch das allerletzte bisschen Farbe verloren hatte. Zögernd machte er einen Schritt auf den Spiegel zu, blieb stehen und sah dann zu Feuer hin. Der Drache hatte seine Schuppen zurück und sie hatten auch wieder alle die richtige Farbe – aber genau auf seiner Stirn gab es noch eine winzige kahle Stelle.
Und als Themistokles erneut den Spiegel ansah, da entdeckte er die dazugehörige Schuppe, die sich tief in den Rahmen gebohrt hatte . . .
Er machte einen weiteren Schritt auf den Spiegel zu und blieb wieder stehen, als das Glas plötzlich zu zu-

cken und Wellen zu schlagen begann wie die Oberfläche eines bizarren senkrecht stehenden Sees. Das Licht pulsierte stärker und sein Rhythmus erinnerte an das Schlagen eines riesigen Herzens . . .
»Seid bloß vorsichtig, Meister Themistokles«, piepste Scätterling vollkommen fehlerfrei.
Das musste man Themistokles nicht sagen. Er hätte schon blind sein müssen, um nicht zu spüren, dass mit diesem speziellen Spiegel etwas nicht stimmte. Und dass eine gewaltige Gefahr davon ausging . . .
Trotzdem schritt er mit klopfendem Herzen weiter. Die Oberfläche des Spiegels beruhigte sich, doch als das Zucken und Wellenschlagen vorüber war, da zeigte der Spiegel nicht sein Abbild, sondern das eines ähnlichen, aber eben trotzdem *anderen* Spiegelzelts, und Themistokles sah auch nicht sich, Bernward und Kjuub und die beiden jungen Drachen, sondern zwei Mädchen, wie sie unterschiedlicher kaum sein konnten.
»Aber was ist denn das?«, murmelte er ungläubig. Die beiden Mädchen starrten ihn mindestens genauso fassungslos an wie er umgekehrt sie.
Hinter ihm raschelte etwas. Scätterling kam in wilden Spiralen herangeflogen. »Gebt acht!«, piepste sie aufgeregt. »Es ist . . .«
Feuer verpasste ihr einen Schlag mit der Schwanzspitze und Scätterling quietschte erschrocken und

flog, wild torkelnd und mit Armen, Beinen und Flügeln schlagend, nur einen Zentimeter an Themistokles vorbei, prallte gegen den Spiegel – und hindurch!
Themistokles fuhr herum.
Aber es war zu spät.

Der Verrat

Die Fahrt hinunter ins Dorf hatte eine knappe Viertelstunde gedauert, aber Rebekka hatte das Gefühl, dass es mindestens *fünf* Stunden gewesen waren – und sie in der ganzen Zeit die Luft angehalten hatte. Unter den alten Decken hatte schon bald eine stickige Wärme geherrscht und Sams Angewohnheit, sich übermäßig einzuparfümieren, machte das Ganze auch nicht gerade besser. Zu allem Überfluss hatten Biene und Anton während der gesamten Fahrt kein Wort miteinander gewechselt – und Antons fahrender Schrotthandel hatte natürlich auch kein Radio –, sodass sie gezwungen waren, sich mucksmäuschenstill unter ihren Decken zu verhalten. Als der Wagen endlich anhielt und sie Biene und Anton aussteigen hörten, hatte Rebekka ernsthaft Angst, beim nächsten Atemzug in Ohnmacht zu fallen.

Trotzdem wartete sie, bis sie das Geräusch der großen Bahnhofstür hörte, ehe sie es wagte, die über ihr liegende Decke zurückzuschlagen. Dann stürzte sie regelrecht ins Freie und atmete hörbar ein. »Das war in letzter Sekunde«, keuchte sie. »Mein Gott, womit hast du dich einparfümiert? Du stinkst wie ein Frettchen!«

Sam schnüffelte unter ihrem Arm. »Ich verstehe nicht, was du meinst«, erklärte sie mit dem unschuldigsten Gesicht der Welt. »Das ist *Gabriela Sabatini.* Ein sauteures Parfüm!«

»Stinkt wie Tennisschweiß«, antwortete Rebekka.

Sam starrte sie wütend an, schluckte aber dann alles hinunter, was ihr auf der Zunge lag, und wandte sich stattdessen ab, um zu der großen Tür hinzusehen, hinter der Anton und die Internatsleiterin verschwunden waren.

»Der Zug kommt in einer halben Stunde«, sagte sie. »Spätestens dann merkt Biene, dass irgendwas nicht stimmt. Also los!«

Obwohl der Kirmesplatz nur ein paar Hundert Schritte entfernt war, legten sie diese Strecke im Laufschritt zurück, denn Samantha hatte leider nur zu recht: Spätestens wenn der Zug kam und Sams Vater nicht ausstieg, würde Biene Lunte riechen und so schnell wie möglich ins Internat zurückkehren und bis dahin mussten sie wieder im Wagen sein.

Auf der Kirmes war trotz der noch recht frühen Tageszeit schon jede Menge los. Musik und Gelächter drangen an ihr Ohr und die Geräusche der verschiedensten Attraktionen und Fahrgeschäfte. Zuerst mussten sie sich durch ein wahres Menschengedränge schieben, doch dann tauchte endlich das vollkommen dunkel und verlassen daliegende Zelt vor ihnen

auf. Ein handgemaltes Schild an der Kasse verkündete:
»WEGEN RENOVIEHRUNG GESCHLOSEN!«
Und die Tür war mit einer Kette verschlossen.
»Wonach suchen wir eigentlich?«, erkundigte sich Sam, während Rebekka krampfhaft darüber nachdachte, wie sie in das Zelt hineinkommen sollten, ohne die Tür gewaltsam aufzubrechen.
»Ehrlich gesagt weiß ich das wahrscheinlich erst, wenn wir es gefunden haben«, gestand Rebekka.
Sam warf ihr einen schrägen Blick zu. Rebekka wusste selbst, wie sich das anhörte. Aber genauer konnte sie ihre Gefühle nicht in Worte fassen – sie wusste nur, dass irgendetwas mit Biene passiert war, als sie in den Spiegel geblickt hatte. Sie musste noch einmal dorthin, um herauszufinden, was.
Sam sah sie weiter missbilligend an, zuckte aber dann nur mit den Schultern, drehte sich wortlos um und ging in die Hocke. Ebenso wortlos zog sie einen der großen Heringe aus dem weichen Boden und hob mit einem triumphierenden Grinsen eine Ecke der Zeltplane an.
»Nicht verzagen, Sammy fragen«, feixte sie.
Rasch ließ sich Rebekka auf Hände und Knie sinken, kroch unter der Zeltplane hindurch und wartete, bis Samantha ihr auf die gleiche Art gefolgt war. Im allerersten Moment konnte sie so gut wie nichts sehen,

aber ihre Augen gewöhnten sich rasch an das blasse Dämmerlicht. Sehr viel sehen konnte sie trotzdem nicht. Ihr Mut sank. Es war schon tagsüber schwer gewesen, einen Weg durch das Labyrinth aus Glasscheiben zu finden. Jetzt, in dem düsteren Licht, musste es nahezu unmöglich sein.

»Komm!« Samantha stand auf und tastete sich mit ausgestreckten Armen tiefer in das von verwirrenden Schatten erfüllte Halbdunkel hinein. Etwas klirrte, dann ertönte ein dumpfer Schlag und Samantha fluchte wenig damenhaft. Rebekka konnte ein schadenfrohes Grinsen nicht ganz unterdrücken, aber sie beeilte sich trotzdem, Samantha zu folgen.

Sie stießen Dutzende Male gegen Wände aus Glas, die bei dem Dämmerlicht so gut wie unsichtbar waren, und mindestens zwei- oder dreimal war Rebekka auch fast sicher, dass sie sich wieder von ihrem Ziel *entfernten*, statt sich ihm zu nähern, aber schließlich traten sie genau ins Zentrum des Spiegelzelts.

Hier war es beinahe noch dunkler. Etwas knirschte unter ihren Schuhsohlen und sie spürte mehr, als sie sah, dass Samantha unter ihre Jacke griff und etwas hervorzog. Einen Augenblick später tastete der dünne Lichtstrahl einer Taschenlampe durch die Dunkelheit und brach sich auf den unzähligen Spiegelscherben, die überall in dem großen Raum verteilt waren,

als wäre er von einer riesigen Explosion heimgesucht worden.
»Gute Idee«, sagte sie.
Samanthas Grinsen wurde noch breiter. »Es geht doch nichts über eine perfekte Vorbereitung«, sagte sie, während sie fröhlich ihre Taschenlampe schwenkte. »He, wir sollten öfter zusammenarbeiten. Ich finde, wir zwei sind ein ganz gutes Team!«
Darauf antwortete Rebekka vorsichtshalber nicht. Stattdessen bat sie Samantha mit einer entsprechenden Geste, den Strahl ihrer Taschenlampe einmal sehr langsam durch den Raum streifen zu lassen – was sich als keine wirklich gute Idee erwies, denn der schmale, aber ungemein helle Strahl brach sich nun erst recht auf Tausenden und Abertausenden von Spiegel- und Glasscherben und verwandelte den Raum in ein solches Durcheinander aus funkelnden Lichtreflexen und -blitzen, dass sie im ersten Moment so gut wie gar nichts mehr sahen.
Dann richtete sie den Lichtstrahl auf den einzigen Spiegel im ganzen Raum, der noch ganz geblieben war; vorsichtshalber allerdings so, dass das Licht nicht sofort in ihre Augen zurückgeworfen wurde.
Mit klopfendem Herzen trat Rebekka auf den Spiegel zu. Es war kein Zerrspiegel wie alle anderen, die nun zerbrochen auf dem Boden lagen, sondern ein ganz gewöhnlicher, wenn auch sehr großer Spiegel mit ei-

nem schlichten Rahmen, der mit einem kleinen roten Kristall geschmückt war. Rebekka wusste zwar selbst nicht genau, was sie erwartet hatte, aber es war verrückt – gerade weil dieser Spiegel so vollkommen normal und harmlos aussah, machte er ihr besonders viel Angst.

»Ist er das?«, fragte Samantha. Rebekka nickte und Samantha ließ den Lichtstrahl nachdenklich einmal ganz über den Spiegel wandern. Als das Licht den roten Kristall streifte, sah es aus, als würde er ihnen zublinzeln wie ein unheimliches leuchtendes Auge. Natürlich war das nur Einbildung, dachte Rebekka nervös – aber das änderte nichts daran, dass der Gedanke das ungute Gefühl in ihr noch verstärkte.

»Und was ist daran so Besonderes?«, wollte Samantha wissen.

Rebekka konnte nur mit den Schultern zucken. »Ich weiß es nicht«, gestand sie. »Aber Biene hat sich vollkommen verändert, seit sie hineingesehen hat.«

»Aha«, sagte Samantha. »Und was genau hat sie darin gesehen?«

Rebekka druckste einen Moment herum. »Nun, sie ... sie hat ... ich meine ...«

»Jetzt stell dich nicht so an«, sagte Samantha, als sie nicht weitersprach. »Wir sind doch jetzt Verbündete, denke ich. Da könntest du allmählich anfangen, mir zu vertrauen.«

»Also gut«, seufzte Rebekka. Samantha hatte vermutlich recht – wenn sie wirklich zusammenarbeiten wollten, dann musste sie notgedrungen wohl auch anfangen, ihr zu vertrauen. Und trotzdem hatte sie das Gefühl, einen schweren Fehler zu begehen. »Mittlerweile bin ich tatsächlich davon überzeugt, dass sie Peer Andermatt gesehen hat.«

»Du glaubst?«

»Ja«, sagte Rebekka widerwillig. »Schon allein weil ich ihn ja auch gesehen habe, wie du weißt.«

Samantha erwiderte nichts darauf, aber in ihren Augen erschien ein sonderbares Funkeln, das Rebekka wieder an die alte Samantha erinnerte und ihr ganz und gar nicht gefiel.

»Und du bist sicher, dass er es war?«, fragte Samantha schließlich.

»Es ging alles sehr schnell«, antwortete Rebekka ausweichend. »Aber ich bin . . . ziemlich sicher, ja.«

»Das würde bedeuten, dass Biene tatsächlich Peer Andermatt gesehen hat«, sagte Samantha nachdenklich.

»Für dich immer noch *Fräulein Bienenstich,* junge Dame«, sagte eine scharfe Stimme hinter ihnen.

Die beiden Mädchen fuhren hastig herum und Rebekka schlug erschrocken die Hand vor den Mund, als sie Biene erkannte, während Samantha eher trotzig aussah.

»Und was Peer Andermatt betrifft«, fuhr Biene fort, »war ich anscheinend vorhin noch nicht deutlich genug. Ich will von diesem Unsinn nichts mehr hören!«

»Fräulein Bienenstich«, säuselte Sam. »Wo kommen Sie denn so plötzlich her?«

Bienes Blick wurde geradezu verächtlich. »Ich wusste die ganze Zeit, wo du dich versteckst. Dein billiges Kölnischwasser stinkt zehn Meilen gegen den Wind!«

»He, he!«, protestierte Samantha. »Das ist kein billiges ...«

Biene unterbrach sie mit einer unwilligen Geste und wandte sich an Rebekka. »Von Samantha habe ich nichts anderes erwartet, Rebekka. Aber du? Ich bin enttäuscht. Was sucht ihr hier?«

»Wir wollten nur ...«, begann Rebekka, brach wieder ab und biss sich auf die Lippen.

»Ja?«, fragte Biene.

Rebekka schwieg.

»Sie wissen doch genau, warum wir hier sind«, sagte Samantha patzig.

»Ach ja?«, fragte Biene lauernd. »Weiß ich das?«

»Es ist so, wie Rebekka behauptet, habe ich recht?«, fragte Sam. Ihre Augen blitzten kampflustig. »Sie haben Peer Andermatt gesehen!«

»In diesem Spiegel, nehme ich an?«, vermutete Biene. Sie trat zwischen Rebekka und Sam hindurch an den

Spiegel heran und fuhr nachdenklich mit den Fingerspitzen über das Glas. »Für mich sieht er aus wie ein ganz normaler Spiegel. Ich sehe keine Gespenster darin.«

»Sie wissen ganz genau, wovon ich spreche«, sagte Samantha angriffslustig.

Biene blieb angesichts ihres aufmüpfigen Tons erstaunlich gelassen. »Es gibt keine Geister, mein liebes Kind«, sagte sie ruhig. »Und ich sehe an diesem Spiegel ganz und gar nichts Außergewöhnliches – abgesehen davon vielleicht, dass er noch heil ist«, fügte sie mit einem schrägen Blick in Rebekkas Richtung hinzu. Sie schüttelte den Kopf und wollte offensichtlich noch mehr sagen, doch in diesem Moment ertönte ein lautes *Plopp!*, und etwas flog *direkt aus dem Spiegel heraus!*

Biene fuhr sichtbar zusammen und prallte ein Stück zurück und Rebekka schlug wieder erschrocken die Hand vor den Mund. Samantha riss ihre Lampe hoch und versuchte das, was aus dem Spiegel herausgekommen war, mit dem Lichtstrahl zu verfolgen, aber was immer es auch war, es war einfach zu schnell. Rebekka hatte nur einen flüchtigen Eindruck von etwas Kleinem, hektisch hin und her Flitzendem mit bunten Libellenflügeln, dann war es auch schon verschwunden.

»Was . . . war das?«, murmelte Rebekka.

»Keine Ahnung«, antwortete Samantha. Sie stocherte mit ihrem Lichtstrahl in der Dunkelheit herum, förderte aber nichts anderes zutage als noch mehr Dunkelheit. »Sah aus wie eine dicke Hummel.«

»I... i... ich g... g... geb d... d... dir g... g... gleich d... d... dicke H... H... Hummel!«, piepste eine erboste Stimme aus den Schatten hinter Sam.

Rebekka riss erstaunt die Augen auf und selbst Biene schien ihre Meinung über den angeblich ach-so-normalen Spiegel noch einmal zu überdenken, doch keine von ihnen kam dazu, auch nur ein Wort zu sagen, denn in diesem Moment ging eine ganz und gar unglaubliche Veränderung mit dem Spiegel vor sich:

Plötzlich war der Spiegel kein Spiegel mehr, sondern schien sich gleichsam in ein Fenster verwandelt zu haben, das in ein ganz ähnliches und zugleich auch vollkommen anderes Zelt führte. Auch dort schimmerten Millionen Scherben auf dem Boden, überall lagen zerborstene Spiegel oder in Stücke gebrochene, kunstvoll geschnitzte Rahmen – und sie sahen sich auch keineswegs ihren eigenen Spiegelbildern gegenüber, sondern einem alten Mann, der ein schlichtes schwarzes Gewand und einen spitzen Hut trug, wie man ihn manchmal bei einem Hexenkostüm zu Halloween sah, und langes weißes Haar und einen ebenfalls weißen Bart voller roter und grüner Flecke

hatte. Hinter ihm bewegte sich etwas, das Rebekka verdammt an einen leibhaftigen *Drachen* erinnerte.
»Themistokles?«, murmelte sie. Und in der nächsten Sekunde *schrie* sie: *»Meister Themistokles! Passt auf!«*
Aber es war zu spät. Der Drache hinter Themistokles machte einen gewaltigen Satz und sprang den alten Magier an und Themistokles stolperte ungeschickt auf den Spiegel zu – und geradewegs hindurch.
Und genau in der gleichen Sekunde machte auch Samantha einen Satz und stieß Biene und Rebekka die flachen Hände mit solcher Kraft in den Rücken, dass sie ebenfalls losstolperten und ihrerseits gegen den Spiegel prallten – genauer gesagt: ebenfalls hindurch.
Während Themistokles hinter ihnen ungeschickt auf Hände und Knie herabfiel, stolperten sie nebeneinander in das andere Zelt und stürzten.
Und hinter ihnen zerbarst der Spiegel.

Im allerersten Moment war Rebekka so verwirrt, dass sie nicht einmal wirklich erschrak. Sie musste sich bei dem Sturz auf den mit Scherben übersäten Boden verletzt haben, denn sie

Im allerersten Moment war Themistokles so verwirrt, dass er nicht einmal wirklich erschrak. Er musste sich bei dem Sturz auf den mit Scherben übersäten Boden verletzt haben, denn er spürte, wie Blut an ihrem Handgelenk herunterlief, aber sie beachtete es kaum. Vollkommen fassungslos und mit klopfendem Herzen sah sie sich um.

Sie befand sich in dem großen, verwüsteten Spiegelzelt, das sie durch den Spiegel gesehen hatte, ein Zelt, das dem, aus dem sie gekommen war, fast zum Verwechseln ähnlich sah – aber eben nur fast –, und sie hatte das Gefühl, durch eine unendliche Kälte und Leere gestürzt zu sein.

Dann fragte eine Stimme neben ihr: »Was . . . was macht ihr denn hier?!«

Rebekka sah hoch – und ihr Herz wäre um ein Haar stehen geblieben, als sie in das Gesicht des jungen feuerroten Dra-

spürte, wie Blut an seinem Handgelenk herunterlief, aber er beachtete es kaum. Vollkommen fassungslos und mit klopfendem Herzen sah er sich um.

Er befand sich in dem großen, verwüsteten Spiegelzelt, das er durch den Spiegel gesehen hatte, ein Zelt, das dem, aus dem er gekommen war, fast zum Verwechseln ähnlich sah – aber eben nur fast –, und er hatte das Gefühl, durch eine unendliche Kälte und Leere gestürzt zu sein.

Dann fragte eine Stimme neben ihm: »Was . . . was machst du denn hier?!«

Themistokles sah hoch – und sein Herz wäre um ein Haar stehen geblieben, als er in das Gesicht eines jungen rothaarigen

chen sah, der stirnrunzelnd auf sie herabblickte. Und endlich begriff sie . . .

Sie war nicht mehr zu Hause. Alles hier sah beinahe aus, wie es sollte, aber das schien nur so. In Wahrheit war sie nun auf der anderen Seite, in Märchenmond, der Welt hinter den Spiegeln.

Hinter ihr klirrte es. Rebekka drehte mit einem Ruck den Kopf und sah gerade noch, wie sich die letzte Spiegelscherbe aus dem Rahmen löste und auf dem Boden zerbrach, und im gleichen Moment erlosch auch das Glühen des roten Kristalls; irgendetwas schien sich zu schließen, wie eine Tür, die unwiderruflich zugefallen war. Die

Mädchens sah, das stirnrunzelnd auf ihn herabblickte. Und endlich begriff er . . .

Er war nicht mehr zu Hause. Alles hier sah beinahe aus, wie es sollte, aber das schien nur so. In Wahrheit war er nun auf der anderen Seite, in der Wirklichkeit, der Welt hinter den Spiegeln.

Hinter ihm klirrte es. Themistokles drehte mit einem Ruck den Kopf und sah gerade noch, wie sich die letzte Spiegelscherbe aus dem Rahmen löste und auf dem Boden zerbrach, und im gleichen Moment erlosch auch das Glühen des roten Kristalls; irgendetwas schien sich zu schließen, wie eine Tür, die unwiderruflich zugefallen war. Die Wirk-

Wirklichkeit auf der anderen Seite des Spiegels verschwand und ein Gedanke machte sich in Rebekkas Kopf breit, der so schrecklich war, dass sie selbst den Anblick des roten Feuerdrachen für einen Moment vergaß: Wie um alles in der Welt sollten sie wieder nach Hause kommen? Sie waren gefangen. Gestrandet auf der anderen Seite der Spiegel.

lichkeit auf der anderen Seite des Spiegels verschwand, und ein Gedanke machte sich in Themistokles' Kopf breit, der so schrecklich war, dass er selbst den Anblick des rothaarigen Mädchens für einen Moment vergaß: Wie um alles in der Welt sollte er wieder nach Hause kommen? Er war gefangen. Gestrandet auf der anderen Seite der Spiegel.

Wolfgang und Heike Hohlbein

Drachenthal

Das Labyrinth

Das Land Märchenmond gibt es wirklich! Davon ist Rebekka felsenfest überzeugt, seit sie dem verzauberten Peer begegnet ist. Die Suche nach ihrem unglücklichen Freund führt sie tief unter die Erde – in die düsteren Kellergewölbe von Schloss Drachenthal. Als sie dort in die Falle ihrer Todfeindin Samantha tappt, scheint Rebekka nur noch die graue Königin der Ratten helfen zu können …

Arena

136 Seiten.
Arena-Taschenbuch.
ISBN 978-3-401-02875-0
www.arena-verlag.de

Wolfgang und Heike Hohlbein

Drachenthal

Das Labyrinth

Das Land Märchenmond gibt es wirklich! Davon ist Rebekka felsenfest überzeugt, seit sie dem verzauberten Peer begegnet ist. Die Suche nach ihrem unglücklichen Freund führt sie tief unter die Erde – in die düsteren Kellergewölbe von Schloss Drachenthal. Als sie dort in die Falle ihrer Todfeindin Samantha tappt, scheint Rebekka nur noch die graue Königin der Ratten helfen zu können …

136 Seiten.
Arena-Taschenbuch.
ISBN 978-3-401-02875-0
www.arena-verlag.de

Wolfgang und Heike Hohlbein

Drachenthal
Die Zauberkugel

In der Drachenthal-Universität auf Märchenmond erstarren plötzlich Zauberschüler zu Stein und Bücher fliegen wie Vögel durch die Luft. Doch auch im Internat Drachenthal auf unserer Seite der Wirklichkeit geht alles drunter und drüber! Und es kommt noch schlimmer, denn Samantha und der Drache Feuer haben eine uralte, düstere Macht entfesselt, die schon bald ganz Märchenmond bedroht.

Arena

152 Seiten.
Arena-Taschenbuch.
ISBN 978-3-401-02876-7
www.arena-verlag.de

Steve Augarde

Das Kleine Volk

Pegs, das geflügelte Pferd, nimmt die 12-jährige Midge mit in den Zauberwald hinter der Dornenhecke, wo die Elfen leben. Denn diese letzte Zuflucht der magischen Wesen ist bedroht und Pegs ist überzeugt, dass Midge ihnen helfen kann. Doch nicht alle Elfen sind froh über diese Hilfe. Und so beginnt ein dramatisches Abenteuer …

Arena

456 Seiten.
Klappenbroschur.
978-3-401-50101-7
www.arena-verlag.de

Steve Augarde

Der Elfenwald

Nie wieder will Celandine in die Schule zurückkehren. Nie wieder Schnürstiefel tragen, nie wieder die Gemeinheiten der Mitschülerinnen und der Aufsichtslehrerin ertragen. Celandine weiß einen Ort, wo sie all dem entfliehen kann: der Elfenwald, bei ihren Freunden, dem Kleinen Volk. Doch die friedvolle Idylle des Waldes täuscht. Denn zwischen den Elfenvölkern entbrennt ein tödlicher Kampf um den magischen Prüfstein: Celandine kann nicht bleiben ...

Arena

464 Seiten.
Klappenbroschur.
978-3-401-50102-4
www.arena-verlag.de